New York und seine Vororte: Freundinnen, Liebhaber und Expartner reden über Liebe und gehen gegen Krieg, Rassismus und Umweltzerstörung auf die Straße. Grace Paleys Männer und Frauen sind älter geworden, machen neuerdings Yoga, interessieren sich für gesunde Ernährung und unternehmen Exkursionen zurück in die verwahrloste South Bronx. Sie müssen sich abgrenzen von den eigenen Eltern, zugleich aber behaupten gegen die nachrückenden zornig-zynischen Kinder. Paleys Geschichten sind nie harmlos, sondern handeln von zutiefst menschlichen Themen.

GRACE PALEY, 1922 als Tochter russisch-jüdischer Einwanderer in New York geboren, war neben ihrer schriftstellerischen Tätigkeit in der Friedens-, Frauen- und Bürgerrechtsbewegung aktiv. Sie veröffentlichte zahlreiche Shortstorys und Gedichtbände und erhielt mehrere bedeutende Auszeichnungen und Preise für ihr Lebenswerk. Grace Paley starb 2007 in Vermont.

Grace Paley

Am selben Tag, später

Stories

Aus dem Englischen von Mirko Bonné

btb

Die Texte erschienen unter dem Originaltitel »Later the Same
Day« 1985 in »The Collected Stories« bei
Farrar, Straus & Giroux, New York.

Verlagsgruppe Random House FSC® N001967

1. Auflage
Genehmigte Taschenbuchausgabe Dezember 2019
by btb Verlag in der Verlagsgruppe Random House GmbH,
Neumarkter Str. 28, 81673 München
Copyright der Originalausgabe © 1994 by Grace Paley
Copyright der deutschen Ausgabe © 2015 by Schöffling & Co.
Verlagsbuchhandlung GmbH, Frankfurt am Main
Covergestaltung: Semper Smile nach einem Entwurf von Schöffling
& Co. unter Verwendung des Gemäldes Am Auenwald (2011) von
Christian Brandl / galerieKleindienst Leipzig, VG Bildkunst 2019
Druck und Einband: GGP Media GmbH, Pößneck
mr · Herstellung: sc
Printed in Germany
ISBN 978-3-442-71636-4

www.btb-verlag.de
www.facebook.com/btbverlag

Inhalt

Liebe

Zuerst schrieb ich dieses Gedicht:

Den Schieferpfad des Collegeparks hinaufspazierend
unterm beinahe vollen Mond die braunen
                    Eichenblätter
    sind rot wie Ahorn
und ich hab den jungen Leuten zugesehen
sie plaudern und umarmen einander
ihretwegen dachte ich würde ich herabsteigen
in die Erinnerungen an die Liebe also seilte ich
                    mich ab
    Stück für Stück
bis meine Füße die Erde berührten und die Gärten
der Vesey Street

Ich erzählte meinem Mann, dass ich gerade ein Gedicht über die Liebe geschrieben hätte.

Was für eine gute Idee, sagte er.

Dann erzählte er mir von Sally Johnson am Lake Winnipesaukee, die zwölfeinhalb war, als er vierzehn war. Dann erzählte er mir von Rosemarie Johanson am Lake Sunapee. Dann erzählte er mir von Jane Marston von der Concord High, und dann erzählte er mir von

7

Mary Smythe vom Radcliffe College zu der Zeit, als er Dichter in Harvard war. Dann erzählte er mir von zwei berühmten Dichterinnen, eine blond und eine dunkel, beide inzwischen tot, zu der Zeit, als er heimlich dichtete, während er in einem fensterlosen Büro eine passable Stelle hatte. Als er endlich zu meiner Zeit kam – das heißt, zu den letzten fünfzehn Jahren oder so –, erzählte er mir von Dotty Wasserman.

Stopp, sagte ich. Wen meinst du mit Dotty Wasserman? Sie ist eine Figur in einem Buch. Sie ist nicht mal eine Person.

Okay, sagte er. Wieso dann die Vesey Street? Was war da, hm?

Pffh, nichts Besonderes. Eine Zeitlang war ich da verliebt in einen Typen, der Sträucher einkaufte. Als es in der City noch wundervolle Geschäftsviertel gab, war die Vesey Street downtown das Gartenzentrum der Stadt. Ich fuhr da oft die Kleinen spazieren, als sie noch vor sich hin dösende Kinderwagenmäuse waren, und nahm manchmal die Fähre nach Hoboken. Jahre später fuhr ich sonntags mit dem Rad runter und gondelte dann dort durch die Gegend. Wenn's hochkommt, hab ich ihn dreimal gesehen.

Du meinst es ernst, sagte mein Mann. Wieso weiß ich nichts von dem Kerl?

Mannomann, wie dämlich kann ein Geliebter sein. Es geht hier um dich, sagte ich. Aber egal. Was soll der Unfug mit dir und Dotty Wasserman?

Nicht der Rede wert. Sie war so ein durchgedrehtes junges Ding, das in den Bars rumhing. Trank aber nichts. In Wahrheit ging es um die Männer, weißt du. Und genauso viel trank ich – nicht zu viel, meine ich. Hoffte bloß, ab und zu eine flachlegen zu können, oder einer zu begegnen, in die ich mich wahnsinnig verknallen würde.

Er ist so ein Romantiker. Mitunter frage ich mich, ob mich zu lieben in diesem trauten Leben in mittleren Jahren, mit zwei Paar Schlafzimmerpantoffeln, eins nach Sandalenart für den Sommer und das andere gefüttert mit kuschligem Lammfell – für ihn muss das eine einzige Enttäuschung sein.

Höflich ging er über meine Mutmaßungen hinweg. Jahre später, sagte er, als wir noch alle mit Kommunalpolitik zu tun hatten und ich mit Josephine verheiratet war, da war sie auch eine von diesen komischen Müttern im Park. Dotty und ich waren beide Delegierte bei diesem berühmten National Meeting of Town Meetings in Kansas City. NMTM. Erinnerst du dich? Eine Frau halt.

Nein, sagte ich, stimmt nicht. Sie ist ausgedacht, eine reine Erfindung aus den späten Fünfzigern.

Oh, dann war es später, sagte er. Muss ihr wohl später begegnet sein.

Er kann ganz schön stur sein, also ließ ich das Thema fallen und ging los, um die Einkäufe zu erledigen. Unsere schrumpfende Familie braucht mehr Kaffee, mehr

Eier, mehr Käse, weniger Butter, weniger Fleisch, weniger Orangensaft, mehr Grapefruits.

Wie ich so die Straße langging, ohne einem Nachbarn zu begegnen, summte ich ein Trällerliedchen vor mich hin und fuhr fort, mithilfe meines braven Auskundschafterhirns gegen das Verstreichen der Zeit anzurennen. Da war ich, roch wieder die alte Erde der Vesey Street und atmete aufmerksamer ein und aus, als man das sonst am späten Morgen so tut – vermutlich alles wegen der Liebe. Wie seltsam sie doch hin und her gleitet zwischen wahren Gespenstern der Erinnerung und handfesten erfundenen Gestalten. Bei Gott, dachte ich, wer liebt, den gibt es wirklich. Das Herz des Liebenden hat Bestand; von Geburt an wurde einem das weisgemacht.

Ich kam an unserem hiesigen Buchladen vorbei, der gut lief und dessen Wohlstand vor allem auf *The Joy of All Sex* beruhte. Der Besitzer schenkte mir, einer verlässlichen Käuferin von weniger beworbenen Büchern, ein warmherziges Lächeln. Er hatte großen Erfolg. (Er wusste nicht, dass drei Jahre später seine Miete verdreifacht werden, er ein trauriger Versager sein und der Hauseigentümer, der sich dabei glänzend fühlte, als ein ausgebuffter Unternehmer, Stern am mikroökonomischen Himmel, sich seinerseits sonnen würde in Ruhm und Erfolg.)

Schon aus einem halben Block Entfernung sah ich in der Kiste vorm Gemüseladen den Kohl liegen, die dunklen Blätter funkelnd von Eissplittern. Als bildliche Erwiderung stellte ich mir oben im Norden die Felder meines Mannes vor, den Frost des Spätherbsts auf dem runzligen Grün. Ich fing an, ein neues Gedicht zu murmeln:

In der Kiste vorm Gemüseladen funkelt der Kohl
hoch oben im Norden wächst er
　　gezuckert mit Frost
dunkel und kraus im Garten voll lohhellem Heu
und zartem weißen Schnee …

Zartes Weiß … gedankenversunken sagte ich das ein paarmal vor mich hin. Auf einmal sahen meine äußeren Augen eine gut aussehende Frau namens Margaret, die seit zwei Jahren kein Wort mit mir geredet hatte. Viele Jahre lang waren wir politisch einer Meinung gewesen, ehe uns Fragen, die die Sowjetunion betrafen, auseinanderbrachten. In den zornerfüllten Monaten, als wir in vielerlei Hinsicht beide recht hatten, zog sie meine beste Freundin Louise, meine lebenslange Park-, PTA- und Antikriegsbewegungsschwester Louise, zu sich in ihr politisches Lager und ihre tägliche Freundschaft.

　　In einem schemenhaften Wust aus Liebe und grünem Blattgemüse erblickte ich Margarets gutes Gesicht, und bevor ich mich unserer ernsten Differenzen entsann, lächelte ich. Im selben Augenblick erkannte sie mich und lächelte auch. So töricht ist der wahrhaft Liebende,

wenn seine Empfindung erwidert wird, dass ich im Vor-
beigehen ihre Hand nahm, mich zu ihr hinabbeugte, sie
mir an die Wange presste und mit den Lippen berührte.

Beim Abendessen beschrieb ich das alles meinem
Mann. Na ja, kein Wunder, sagte er. Verstehst du nicht?
Du hast zwar Margaret zugelächelt, vermisst aber in
Wirklichkeit vor allem Louise, weshalb der Kuss auch
Louise galt. Aha!, machten wir beide. Dann redeten
wir über das SALT-Abkommen und wieso dessen Ober-
grenze eher einer Untergrenze ähnelte, lasen ein Gedicht, das eine seiner Töchter geschrieben hatte, sahen
uns eine Fernsehshow über die Zerstörung der europä-
ischen Textilindustrie an und schliefen miteinander.

Weißt du, du bist mir schon so eine Liebende, sagte er
am Morgen. Ehrlich, sagte er, das bist du wirklich. Du
erinnerst mich in vielem an Dotty Wasserman.

Träumer in einer toten Sprache

Die Alten sind bescheiden, sagte Philip. Der eine will den anderen gar nicht unbedingt überleben.

Klingt geistreich, sagte Faith, aber je länger man drüber nachdenkt, umso weniger steckt dahinter.

Philip ging zu einem anderen Tisch, wo er es auf der Stelle wiederholte. Faith fand ein gewisses Maß an Uneinsichtigkeit an beinahe jedem Liebhaber schön. Also gut, sagte sie, in Ordnung …

Nur, wieso dachten sie überhaupt nach über die Alten und gaben Sprüche über sie zum Besten, wieso taten sie das in der quirligsten Zeit ihres Lebens, in der man vollauf damit beschäftigt ist, aufzustehen und sich wieder hinzulegen?

Weil Faiths Vater, einer der dichtenden Bewohner des Children of Judea, Heim für das Goldene Alter, Zweigstelle Coney Island, wieder mal ein Lied verfasst hatte. Das erstaunte beinahe jeden im Green Coq, jener Spelunke voller Künstler, Unternehmer und arbeitenden Frauen, die sich allesamt selber durch den Kakao zogen. Fast so wie heute entstanden in jenen Jahren erstaunliche Gedichte und rührselige Geschichten schon in der dritten Klasse, streng genommen sogar der ersten, wo die Kinder vieler Trinker und Tratschtanten die eigene

Kreativität entdeckten. Aber die Alten! Das ist sehr interessant, sagten einige. Das geht zu weit, sagten andere. Überhaupt nicht, sagten die Unternehmer, passt auf – das ist der neue Trend.

Jack, Faiths ältester Freund, der nie weit weg, aber für gewöhnlich distanziert war, Jack also sagte: Ich weiß, was Philip meint. Er meint, die Alten sind bescheiden. Der eine will den anderen gar nicht unbedingt überleben, nicht lange jedenfalls. Stimmt's, Phil?

Na ja, sagte Philip, du hast recht, allerdings geht dadurch das Geheimnis flöten.

In Faiths Küche las Philip später an diesem Abend das Gedicht laut vor. Seine Stimme hatte ein Timbre, das sie an Abend, vielleicht Nacht denken ließ. Schon oft hatte sie sich vorgestellt, welche Fülle an Luft in einer Männerbrust doch herrscht und sich dort hin und her bewegt. Streicht sie dann über die kurzen Kehlkopfsaiten, wird aus ihr ein wundervolles sekundäres Geschlechtsmerkmal.

Deine Stimme erinnert mich genauso an Abend, sagte Philip.

Dies ist das Gedicht, das er vorlas:

Ich finde keine Ruhe mehr, seitdem die Liebe
mich verließ,
und keinen Schlaf, seit ich zum Meeresgrund gelangte
und bis ans Ende dieser Frau, die meine ist.
Meine Lungen sind voll Wasser. Ich kann nicht atmen.

Noch immer aber sehn ich mich, im Frühling
    durch die Wirklichkeit zu segeln.
Da ist ein junges Mädchen, das wartet immerzu
    auf eine Zeit und einen Ort,
um mich zu lieben, um meine Freundin zu sein
    und neben mir zu liegen bis zum Morgen.

Wer ist das Mädchen?, fragte Philip.

Wer schon, meine Mutter natürlich.

Du bist süß, Faith.

Natürlich ist das meine Mutter, Phil. Meine Mutter, in Jung.

Ich glaube, das ist ein ganz und gar anderes Mädchen.

Nein, sagte Faith. Es muss meine Mutter sein.

Ach komm, Faith, ist doch egal, wer sie ist. Worüber ein alter Mann Gedichte schreibt, ist doch wirklich egal.

Na dann, tschüss, sagte Faith. Ich kenn dich sowieso schon einen Tag zu lang.

Ist gut. Themenwechsel, bitte lächeln, sagte er. Ich bin wirklich *verrückt* nach alten Leuten. Immer schon gewesen. Als es mit Anita und mir auseinanderging, waren es diese großartigen sonntäglichen Schachpartien mit ihrem Dad, die ich am meisten vermisste. Sie unterhalten sich nicht mit mir, weißt du. Die Leute nehmen alles persönlich. Ich nicht, sagte er. Hör mal, ich würde gern deinen Daddy *und* deine Mom kennenlernen. Vielleicht komm ich morgen mit dir mit.

Wir sagen nicht Mom, wir sagen nicht Daddy. Wir sagen Mama und Papa, und wenn keine Zeit ist, sagen wir Pa und Ma.

Mach ich genauso, sagte Philip. Hab ich bloß vergessen. Was hältst du davon, wenn ich morgen mitkomme, hm? Verdammt, wenn ich nur schlafen könnte. Die ganze Nacht lieg ich wach. Ich kann nicht aufhören zu kochen. Mein Kopf. Der reinste Perkolator. Plopp! Plopp! Vielleicht liegt's an meinem Alter, die Blüte meines Lebens, weißt du. Hab ich nicht irgendwo gehört, dass der Vater deiner Kinder, entschuldige, wenn ich das erwähne, sich deinem Papa als Mittelsmann andient?

Wie wär's mit einer schönen Tasse Gutenachttee?

Komm schon, Faith, ich hab dich was gefragt.

Ja, stimmt.

Also, ich könnte das besser, als der das zu träumen wagt. Kenne halt – beste Kontakte – mehr Leute. Wen bitte kennt der Penner schon. Vier alte Schabracken aus der Werbung, drei Seventh-Avenue-Models, zwei Tucken aus dem Fernsehen, eine literarische Lesbe …

Philip …

Ich erzähl dir mal was. Mein bester Freund ist Ezra Kalmback. Er hat sich in dem ganzen Bastel-und-Baumarkt-Boom eine goldene Nase verdient – der bringt einem vierjährigen Knirps bei, wie man sich einen antiken griechischen Kunstschatz zusammenzimmert. Der hat ein System und die Ausrüstung dafür. Auf diese

Weise stärkt er sein anderes Anliegen, weißt du, sein kulturelles Erbe. Damit werden diese armen alten Träumer in dieser oder jener toten Sprache veröffentlicht. Hey! Das ist doch was! Ein Titel für deinen Papa. »Träumer in einer toten Sprache«. Gib mal einen Stift. Muss ich gleich aufschreiben. Okay. Faith, ich überlass dir diesen Titel, gratis, auch wenn du dich entschließt, mich außen vor zu lassen.

Außen vor was?, fragte sie. Hör auf, hin und her zu rennen. Der Raum ist zu klein. Du weckst noch die Kinder auf. Phil, wieso kriegst du so eine quiekende Stimme, wenn du vom Geschäft redest? Sie geht immer höher. Jetzt bist du schon überm hohen C.

Er hatte über Druckkosten und Prozente nachgedacht. Eine Antwort bekam er eine halbe Oktave tiefer hin, mehr ging nicht. Das ist nur so, weil ich mich beim Englischstudium nur mit reinem Denken befasst habe – doch ach, leider zwangen mich schlechte Organisation, gedankenloses Kinderzeugen und die Plage der Alimente in die Niederungen des Machbaren.

Faith ließ den Kopf sinken. Es wurmte sie, die ersehnte Nacht aufgeben zu müssen, in der sich Schlaf, Sex und Zärtlichkeit friedlich abgewechselt hätten. Was mach ich nur, dachte sie. Wie kannst du so mit mir reden, Philip? Plage … echt scheiße von dir, Phil. Das mir. Anitas alter Freundin. Bist du bescheuert? Sie wollte ihn nicht schlagen. Stattdessen traten ihr Tränen in die Augen.

Was hab ich jetzt wieder gemacht?, fragte er. Ach, ich weiß schon. Ich weiß es genau.

Welchen Dichter fandest du denn besonders großartig, als du ein reiner Denker warst?

Milton, sagte er. Er war selber überrascht. Bis zu dieser Frage hatte er nicht gewusst, dass er dieses ganze lateinische Moralisieren überhaupt vermisste. Weißt du, Faith, Milton stand auf der Seite des Teufels, sagte er. Bei mir ist das anders, glaub ich. Vielleicht, weil ich Geld verdienen muss.

Ich mag zwei Gedichte, sagte Faith, und abgesehen von dem Kram meines Vaters sind es die einzigen, die ich mag. Das stimmte zwar nicht unbedingt, nur war ihr Gesicht noch immer streng und sie beleidigt, während ihr das durch den Kopf ging. Ich mag *Heil dir froher Geist du Vogel warst du nie*, und ich mag *O was nur fehlt dir Rittersmann streifst du allein und schwach umher*. Und das ist alles.

Also hör zu, Philip, solltest du je meine Familie kennenlernen, sollte ich dich je mit rausnehmen zu ihnen, dann erwähne Anita Franklin nicht... meine Eltern waren verrückt nach ihr, sie dachten, sie würde ihren Doktor machen und Ärztin werden. Behalt's für dich, dass du der Kerl bist, der sie absserviert hat. Ehrlich, sagte sie traurig, am liebsten will ich auch selber kein Wort mehr davon hören.

Faiths Vater hatte ungefähr eine halbe Stunde lang am Tor gewartet. Gelangweilt hatte er sich nicht. Mit Chuck Johnson, dem Pförtner, hatte er den Slogan »Black Is Beautiful« diskutiert. Wer ist wohl auf den gekommen, Chuck?

Kann ich Ihnen nicht sagen, Mr. Darwin. Eines Tages stand er einfach an der Hauswand, zack, war er da.

Ist brillant, sagte Mr. Darwin. Wäre der uns eingefallen, hätte er vielen Nasen das Leben gerettet, glauben Sie mir. Sie wissen, wovon ich rede?

Dann fing er an zu lächeln. Faithy! Richard! Anthony! Ihr wolltet kommen, und da seid ihr. Nicht doch, nicht doch, das ist kein Sarkasmus – ist nur eine Tatsache. Ich bin glücklich. Chuck, erinnern Sie sich an meine Jüngste? Faithy, das ist Chuck, der fürs Kommen und Gehen Verantwortliche. Richard! Anthony! – sagt Chuck guten Tag. Faithy, sieh mich an, sagte er.

Ist ja irre!, sagte Richard.

Eine Burg!, sagte Tonto.

Nett von euch, dass ihr euren Opa besucht, sagte Chuck. Ich wette, er war sein Lebtag nett zu euch.

Von Tag wollen wir mal gar nicht reden. Für mich ist Morgen. Stimmt's, Faith? Ich bin als Erster auf Achse.

Auf Achse wohin?, fragte Faith. Es tat ihr leid, dass vor dem eigentlichen, dem erfreulichen Besuch so vieles zu erledigen war.

Um ehrlich zu sein, hab ich neulich mit Ricardo geredet.

Hab ich mir schon gedacht. Womit hat er dich denn zugemüllt?

Faith, erstens rede vor den Jungen nicht so über ihren Vater. Tu mir den Gefallen. Ist eine ganz miese Nummer. Zweitens stimmt wahrscheinlich einfach die Chemie nicht zwischen dir und Ricardo.

Chemie? Der berühmte Wissenschaftler. Sind das seine Worte? Wie ist denn die Chemie zwischen euch? Na?

Na ja, er redet.

Ist Daddy hier?, fragte Richard.

Wen interessiert das?, sagte Tonto und sah dabei seine Mutter an. Uns interessiert das nicht im Geringsten, oder, Faith?

Nein, nein, sagte Faith. Daddy ist nicht da. Er hat nur grad mit Opa geredet, ich hab euch doch erzählt, dass Opa diese Gedichte schreibt. Na ja, und Daddy mag die halt.

So ist es schon besser, sagte Mr. Darwin.

Ich wünsch dir von Herzen das Beste, Pa, aber du solltest wirklich mit ein paar anderen Leuten reden. Ich könnte jemanden fragen ... Ricardo ist clever im Strippenziehen, weiß ich. Was hat er sich denn für dich ausgedacht?

Also, Faithy, zwei Möglichkeiten. Erst mal einen kleinen Band, veröffentlicht in schönem Pergament, vielleicht auch etwas Pergamentähnlichem, weißt du, *Gedichte vom Goldenen Zeitalter* ... Gefällt dir das?

Pfh, machte Faith.

Ist das ein Krankenhaus?, fragte Richard.

Die andere Sache ist folgende. Faithy, ich habe dutzende Lieder, wenn man sie Lieder nennen soll. Man kann sie Lieder oder Gedichte nennen, wie auch immer, ich weiß nicht. Na ja, er hatte eine gute Idee, nämlich mit anderen von hier gemeinsam ein Buch herauszugeben – oder eine Reihe, wenn kein einzelnes Buch. Keller zum Beispiel ist ziemlich gut, wenn's um Gedichte geht, er ist eher ein epischer Lyriker, du weißt schon ... Als Israel in seiner Jugend stand, da liebte ich ... ist bloß eine erste Zeile, so geht das dann noch mindestens hundert Seiten weiter. Madame Nazdarova, unsere Lektorin bei *A Bessere Zeit* – kennst du sie eigentlich? –, die hat ja das absolutistische Gehör. Sie kam als Lektorin zur Welt. An einem Tag lauscht ihr Ohr der Luft etwas ab. Und eine Woche später siehst du es ohne Probleme, fehlerfrei auf Papier.

Du bist ein komischer Typ, Pa, sagte Faith. Sorge und Zärtlichkeit ließen ihre Brauen zusammenrücken.

Brauchst dich gar nicht so zusammenfalten, sagte er.

Ach, scheiß drauf, sagte Faith.

Ist das ein Krankenhaus?, fragte Richard.

Sie liefen auf eine Wand aus Rollstühlen zu, die in der Herbstsonne abgestellt waren. Rechts davon stand unter einer Linde mit großen Blättern eine Gruppe wütender Streithähne – jeder auf eine Alu-Gehhilfe gestützt.

Wie eine Zeichnung, sagte Mr. Darwin. Ein schöner Anblick.

Also, *ist* das jetzt ein Krankenhaus?, fragte Richard.

Sieht aus wie ein Krankenhaus, darauf kannst du einen lassen, Jungelchen. Hast du's jetzt?

So ziemlich, Opa.

Ziemlich genau, sei ehrlich. Ehrlichkeit, mein Enkelsohn, ist *einer* der allerbesten Grundsätze.

Richard lachte. Aber nur *einer*, hm, Opa?

Guck an, Faithy, er hat den Witz kapiert. Oh, du Zuckerfratz. So ein Sinn für Humor! Mr. Darwin stieß vor Freude über wenigstens einen Enkel mit Sinn für Humor einen Pfiff aus. Hören Sie mal, wie der lacht, sagte er zu einer freiwilligen Helferin, die gekommen war, um den Gehörlosen sehr laut vorzulesen.

Ich hab auch so einen Sinn für Humor, Opi, sagte Tonto.

Klar, Fratz, wie auch nicht. Deine Mutter hat uns von morgens bis abends bei Laune gehalten. Die konnte für deine Oma und mich und deine Tante und deinen Onkel Witze einfach so aus der Luft fangen. Wenn die loslegte, deine Mama, konnten wir uns vor Lachen nicht halten.

Meistens lacht sie jetzt bloß für andere, sagte Tonto, zum Beispiel wenn Philip kommt.

Oh Mann, er ist so melodramatisch, sagte Faith und zog Tonto am Ohr. Lüg doch nicht so …

Wir müssen das zurechtbiegen, Anthony. Deine Mama ist ein wunderschönes Mädchen. Nichts sollte sie unglücklich machen. Wir wollen uns einen lustigen Witz für sie ausdenken. Ungefähr zwölf Sekunden lang dachte er nach. Also gut, okay. Ich hab's. Hört zu:

Da ist so ein alter Jude. Er lebt in Deutschland. Es ist so um '39, '40 rum. Er kommt am Reisebüro vorbei. Guckt sich den Globus an. Die haben da einen Globus. Hören Sie, sagt er, ich muss von hier verschwinden. Wohin, schlagen Sie vor, Herr Agent, soll ich gehen? Auch der Mann von der Reiseagentur blickt auf den Globus. Heho, wie steht's hiermit, sagt der jüdische Herr. Er zeigt auf Amerika. Tja, sagt der Mann von der Reiseagentur, nein, tut mir leid, die haben ihre Quote schon erreicht. Tss, macht der jüdische Herr, und wie wäre es hier? Er zeigt auf Frankreich. Der letzte Zug dorthin ist schon weg, leider, leider. Nu, also nach Russland? Tut mir leid, die lassen da zurzeit absolut keinen rein. Hier oder dort, da oder hier … immer lautet die Antwort: Hafen ist dicht. Die haben schon zu viele, wir haben keine Schiffe … Schließlich also denkt der arme Jude, dass er nirgends auf dem Globus hinkann, da er aber ebenso wenig bleiben kann, wo er ist, sagt er: Oj, und er sagt: Ach!, und angewidert schiebt er den Globus beiseite. Noch aber gibt er die Hoffnung nicht auf. Der hier ist ja jetzt aufgebraucht, Herr Agent, sagt er. Wie sieht's aus – haben Sie noch einen?

Herrje, sagte Faith, wie fürchterlich. Was ist denn daran lustig? Ich hasse diesen Witz.

Ich versteh ihn, ich versteh ihn, sagte Richard. Noch

einen Globus. Es gibt keinen anderen Globus. Gibt nur einen, Mami, oder? Er wusste nicht, wohin. Wegen diesem alten Hitler. Opa, erzähl ihn mir noch mal. Dann kann ich ihn meiner Klasse erzählen.

Ich find das auch nicht so besonders lustig, sagte Tonto.

Pa, ist Hegel-Shtein bei Mama? Ich weiß nicht, ob ich sie heute aushalte. Sie ist mir einfach zu viel.

Wer weiß das schon, Faith, hm? Da bist du nicht die Einzige. Wer kann sie überhaupt ertragen? Ein einziger Mensch, deine Mama, die Heilige, sie kann es. Ich sag dir was … lass die Jungs mit mir mitgehen. Ich führ sie hier schnell etwas rum. Geh du rauf. Ich zeig ihnen ein paar Sachen, die sind wunderschön.

Also schön, okay … Geht ihr mit Opa mit, Jungs?

Klar, sagte Tonto. Und wo bist du?

Bei Oma.

Und wenn ich dich zu irgendwas brauch, sagte Richard, dann kommst du?

Aber sicher, ihr Racker, sagte Mr. Darwin. Wenn ihr eure Mama braucht, müsst ihr es bloß sagen, und eins, zwei, drei, schon ist sie da. Okay? Faith, der Fahrstuhl ist bei dem Eingang da drüben.

Herrjemine, ich weiß, wo der Fahrstuhl ist.

Einmal, als sie nicht aufgepasst hatte und umdüstert von Sorgen und Ärger hinauffuhr, war die Fahrstuhltür aufgegangen, und da hatte sie sie gesehen – die Station im Fünften.

Aber sicher – die Unheilbaren, hatte ihr Vater gesagt.

Und dann, um sie zu trösten: Ist das zu glauben, Faithy? Genau wie die Welt, die Ungerechtigkeit. Sogar hier fangen ein paar gleich ganz oben an. Der Rest von uns hat sich nach oben zu arbeiten.

Haha, machte Faith.

Ist nur die Wahrheit, sagte er.

Er erläuterte, dass unheilbar nicht unbedingt todkrank bedeutete, es bedeutete vielmehr, zumindest in den meisten Fällen – einfach zu weit weg vom Lebendigsein. Da waren tatsächlich Dreißigjährige auf der Station, mit einem gesunden Herzen und zufriedenstellenden Lungen. Aber vor Schmerzen lagen sie flach oder zusammengekrümmt da, oder man hatte sie mit Schals an Rollstühle gefesselt. Zu diesem oder jenem kam jeden Tag ein alter Vater oder eine nicht mehr junge Mutter, um die Laken zu wechseln oder dem entkräfteten Kind Lieder vorzusingen.

Der zweite Stock hatte dagegen etwas von einem Hotel an sich – das heißt, es gab Korridore, Teppiche und Türen, und wie immer stand die Tür von Faiths Mutter weit offen. Nahe dem Fenster, wo sie Licht und gewellten Schatten von Hängepflanzen ausnutzte, saß hellwach Mrs. Hegel-Shtein, ganz Lächeln und hurtige Blicke, und durchstach die Luft mit Stricknadeln und Ellenbogen. Faith küsste sie auf die Wange, um Mama milde zu stimmen, nur aus diesem erbärmlichen Grund. Dann setzte sie sich neben ihre Mutter zu einem Gespräch unter Freundinnen.

Natürlich war das Allererste, was ihre Mutter sagte: Die Jungen? Sie machte ein Gesicht, als würde sie gleich weinen.

Nein, nein, Ma, ich hab sie mitgebracht, sie sind ein bisschen mit Pa unterwegs.

Kurz hatt ich schon Angst … Das gibt uns Gelegenheit … Also, Faithy, sag mir die Wahrheit. Wie ist es? Ein klein bisschen besser? Hilft der Job?

Der Job … pfh. Ich bin dabei, mir eine neue Schreibmaschine zuzulegen, Ma. Ich will zu Hause arbeiten. Ist eine ganz schöne Investition, weißt du, als würd ich ein Geschäft aufmachen.

Faith! Ihre Mutter drehte sich zu ihr. Wieso solltest du ein Geschäft aufmachen? Du könntest als Sozialarbeiterin für die Stadt arbeiten. Du bist so herzensgut, immer sorgst du dich um deine Mitmenschen. Du solltest als Lehrerin arbeiten, da hättest du den Sommer über frei. Könntest einen Beraterjob annehmen, ja, und die Kinder würden zum Zelten fahren.

Oh, Ma … oh, verflucht noch mal …!, sagte Faith. Sie sah Mrs. Hegel-Shtein an, die eine geschlagene Minute lang nicht zugehört hatte, weil sie Maschen zählte.

Was sollte ich machen, Faithy? Du sagtest elf Uhr. Jetzt ist es eins. Hab ich recht?

Ist anzunehmen, sagte Faith. Ein Gespräch war unmöglich. Sie beugte den Kopf zur Schulter ihrer Mutter hinunter. Weil sie viel größer war, ging das gar nicht so leicht. Und war es auch peinlich, es musste sein. Ihre

Mutter nahm ihre Hand – sie presste sie sich an die Wange. Ach!, sagte sie dann, was weiß ich nicht alles über diese Hand … wie sie immer Apfelmus gegessen hat und dabei dachte, ein Löffel ist nicht nötig dafür. Eine Hand, die schwer von Begriff ist.

Junge nein, wie niedlich, sagte Mrs. Hegel-Shtein.

Mrs. Darwin drehte die Hand um, tätschelte sie, ließ sie dann los. Meine Güte! Faithy. Faithy, wie kommt so ein Furunkel auf dein Handgelenk? Wäschst du dich nicht?

Ma, natürlich wasch ich mich. Ich weiß nicht. Vielleicht liegt es an den ganzen Sorgen, jedenfalls ist es kein Furunkel.

Erzähl mir bitte nichts von Sorgen. Du warst auf dem College. Halt deine Hände sauber. Du hattest Biologie. Ich weiß es noch. Also wasch dich.

Ma. Herrgott im Himmel. Ich weiß, wann ich mich waschen muss.

Mrs. Hegel-Shtein ließ ihr Strickzeug sinken. Ich möchte mich nicht einmischen, Mrs. Darwin, und tu es auch nur, weil Ihr Mäuselchen recht hat. Furunkel auf dem Handgelenk, nein die rühren nicht im Mindesten von Sorgen her. Wissenschaftlich erwiesen! Vor langer Zeit begonnene Sorgen, nein die hören nicht mehr auf. Haben Sie noch nicht bemerkt. Die fahren ins Herz und wieder hinaus, hinein und hinaus ein paar hundert Male, als wären die, ja, wie aus Gas. Ich seh, Sie glauben mir nicht. O starrköpfige Celia Darwin. Nein, krank wird man vor Ärger. Zysten, überall innendrin hab ich die seit der Weltwirtschaftskrise. Wo immer der Arzt die Hand hinlegen konnte – da brüllte er: Zyste! An der Gallenblase hab ich's, seit Archie eine Idiotin geheiratet hat. Blutzähflüssigkeit, die bekam ich, als Mr. Shtein starb. Krampfadern, Hämorrhoiden und krummer Nacken inklusive, bekam ich, als Mr. Shtein seine Rente einreichte und sich zur Ruhe setzte. Für ihn ging da die Nervosität angesichts der Zukunft zu Ende. Für mich fing sie erst an. Wissen Sie, was Verantwortung heißt? Einen kranken alten Mann am Leben halten. Alles wie beim letzten Abendmahl, ehe sie den Mann an den elektrischen Stuhl schnallen. Truthahn. Schmorbraten. Gefüllte Kischken, alle Arten Kugel, Suppen ohne Ende. Oj, Faithy, davon bekam ich Arthritis, ja und Rheuma von ganz oben bis ganz unten. Furunkel auf dem Handgelenk sind nur der Anfang.

Sie meinen also, sagte Faith, Sie meinen also – das Leben hat Sie krank gemacht.

Wenn es das ist, was ich meine, ja dann ist es das, was ich meine.

Also, sagte Mr. Darwin, der mit den Jungs zum Dachgarten unterwegs war. Er war schon halb an dem Zimmer vorbei, als er stehen blieb, um zuzuhören – er hatte einen Kommentar abzugeben. Er wiederholte: Also! – und fuhr dann fort: Genau das ist es, was ich gegen die modernen Zeiten habe. Sie, Mrs. H., liegen voll im Trend. Heutzutage ist alles psychosomatisch. Man hat nicht einfach eine Erkältung, von der man sagt: Die hab ich mir auf der Arbeit von Mr. Hirsh geholt. Ja, wo kämen wir denn hin! Nein, seine Erkältung, die hat man heute von seiner Frau, die zwar in Wahrheit kerngesund ist, dich aber leider für nicht sehr ansehnlich hält. Mit Pech stellt sich raus, dass du für sie schon immer ein blöder Hund warst. Normalerweise kriegt man dann für den Rest des Lebens Heuschnupfen. Und jeden August wird es einem wieder unter die Nase gerieben.

Es reicht, sagte Mrs. Darwin, diese ganze Unterhaltung ist mir zu viel. Meine eigene Gesundheit jedenfalls hält nicht jede schiefe Idee aus, die dir durch den Kopf geht, Sid. In der Zwischenzeit gehst du dich ein bisschen extra waschen, Faith, ja? Mir zuliebe.

Okay, Ma, okay, sagte Faith.

Und was ist mit mir?, fragte Mr. Darwin, wann darf ich mal mit meiner Kleinen reden? Faithy, komm, wir gehen ein bisschen raus.

Ich hab mich doch gerade erst mit Mama hingesetzt.

Geh mit ihm mit, sagte ihre Mutter. Er kann nicht still sitzen. Der Mann mit den Hummeln im Hintern. Sag ihr, dass sie vernünftiger sein soll, Sid. Sie ist Mutter. Sie hat keine Wahl.

Sag du mir bitte nicht, was ich ihr sagen soll, Celia. Faithy, komm. Bleibt hier, Jungs, redet mit eurer Oma. Redet mit ihrem Besuch.

Wieso nicht, Jungens. Mrs. Hegel-Shtein lächelte einladend. Schaut es euch nur an, das Alter! Es wird kommen, ob ihr wollt oder nicht. Die Jungs guckten, dann rückten sie so dicht zusammen, bis sich ihre Ellbogen berührten.

Faith wollte lieber zu den Kindern zurück, doch ihr Vater hielt ihre Hand fest umschlossen. Lass sie, Faithy. Mama soll sich um sie kümmern. Sie wird sie schon amüsieren. Sie hat Geschenke für sie. Komm! Wir suchen uns einen hübschen Baum mit einer Bank in der Nähe. Wenn es hier was gibt, dann Bäume und Bänke. Außerdem sind Bänke nicht bloß Bänke – sondern gewidmete Bänke. Sie tragen Namen.

Von der Nebenpforte in den Garten zeigte er es ihr. Die da drüben, meine Lieblingsbank, heißt Jerome (Jerry) Katzoff, sechs Jahre alt. Es ist furchtbar, jung zu sterben. Obwohl, es spart viel Zeit. Verstehst du? Diese wundervolle Rundbank dort einmal ganz rum um diese Ulme (die gelebt hat, nur um alt zu werden) ist eine berühmte Bank mit dem Namen Sidney Hillman. Du siehst also: Wir haben Bänke. Was wir hier *nicht* haben, und darunter leide ich täglich, sind ausreichend viele erstklassige Bücher. Jede Menge Bestseller, aber erstklassige Literatur ...? Tja, da bist du platt. Ich habe dem Leiter einen Brief geschrieben. »Lieber Goldstein«, fängt der an, »lieber Goldstein, sind wir oder sind wir nicht das Volk des Buches? Ich gebe zu, streng genommen sind wir etwas unkonfessionell, im Großen und Ganzen aber gehören die meisten von uns, die hier leben, zum Volk des Buches. Für Sie bedeutet Buch wahrscheinlich meistens Bibel, Talmud usw. Für mich und für meine Generation, Idealisten durch die Bank, bedeutet Buch BÜCHER. Verstehen Sie mich? Goldstein, wieso nicht etwas von der Jüdischen Wohltätigkeit umleiten und damit die Reputation für weitere fünfzig Jahre aufrechterhalten. Das Budget müsste nur ein klein wenig aufgestockt werden, das könnten Sie im Alleingang. Wachen Sie auf, Bruder, solange ich noch etwas Grips habe.«

Da fällt mir ein … was anderes, Faithy. Leider wahr, was ich dir jetzt sagen muss. Der Verstand der Leute, merke ich, überall um mich rum nimmt der mehr und mehr ab. Tag für Tag.

Setz dich kurz hin. Mir macht das schwer zu schaffen. Der Letzte jetzt ist Eliezer Heligman. Neulich weise ich ihn darauf hin, dass die Samen, die regelmäßig keimenden Samen des stalinistischen Antisemitismus, nicht nur in der wie ein Uhrwerk funktionierenden russischen Pogrom-Mentalität aufgingen, sondern genauso in der tagtäglichen Haltung selbst der Menschewiken gegenüber dem Zionismus. Er holt die schweren Geschütze raus, sehr ernst, sehr tiefschürfend, sehr grundsätzlich. Wenn ich mir nicht so sicher wäre, recht zu haben, würde sogar mir der Gedanke kommen, danebenzuliegen. Ein paar Tage später gehe ich an ihm vorbei, als er sich unter diesem Baum auf exakt dieser Bank ausruht. Ich setze mich auch. Mrs. Grund ist bei ihm, eine Dame, die weithin bekannt dafür ist, ihre mindestens zweite, wenn nicht gar dritte Kindheit zu durchleben.

Sie weint. Weint und weint. Ich mische mich nicht ein. Heligman ist dabei zu sagen: Madame Grund, Sie weinen. Warum?

Meine Mutter ist gestorben, sagt sie.

Tss, macht er.

Gestorben. Gestorben! Ich war doch erst vier, als meine Mutter gestorben ist!

Tss, macht er.

Von meinem Vater bekam ich dann eine Stiefmutter.

Oj, sagt Heligman. Mit einer Stiefmutter zusammenzuleben ist hart. Es ist furchtbar. Erst vier Jahre alt, und schon eine Mutter verloren.

Ich halte es nicht aus, sagt sie. Den ganzen Tag. Mit niemandem reden können. Ich bin ihr egal, dieser Stiefmutter. Sie hat ihr eigenes Mädchen. Ein Mädchen wie ich braucht eine Mutter.

Oj, sagt Heligman, eine Mutter, eine Mutter. Ganz bestimmt braucht ein Mädchen eine Mutter.

Nur ich nicht, ich hab ja keine. Eine Stiefmutter hab ich, keine Mutter.

Oj, sagt Heligman.

Wo krieg ich eine Mutter her? Nie wieder, wahrscheinlich.

Ach, sagt Heligman. Keine Sorge, liebste Madame Grund, keine Sorge. Das Leben geht weiter. Sie werden wieder gesund, Sie werden groß, Sie werden sehen!

Bald schon werden Sie heiraten, Sie werden Kinder haben, Sie werden glücklich sein.

Heligman, oj, Heligman, sag ich, wovon zum Teufel reden Sie?

Oh, wie geht es Ihnen, sagt er zu mir, wie zu einem zufällig vorbeikommenden völlig Fremden. Madame Grund hier, sagt er, ist allein auf der Welt, ein vierjähriges Mädchen, sie hat ihre Mutter verloren. (Tränen stehen ihm in seinem verschwindenden Gesicht.) Ich habe ihr aber gesagt, dass sie nicht für immer weinen wird, sie wird heiraten, sie wird Kinder haben, ihre Zeit wird kommen, ihre Zeit wird kommen.

Und selber, wie geht es Ihnen, Heligman, sag ich. Leben Sie jedenfalls wohl, mein lieber Freund, mein bester Feind, Heligman, leben Sie für immer wohl.

Oh Pa! Pa! Faith sprang auf. Ich finde es unerträglich, dass du hier sein musst.

Wirklich? Wer sagt, dass *ich* es erträglich finde?

Dann Schweigen.

Er hob ein Blatt auf. Da hast du's. Das Tor zum Himmel. Ailanthus. In weitem Bogen schritten sie durch den kleinen Garten. Sie kamen zu einer anderen Bank: Gewidmet Theodor Herzl, der sah das Licht, wenn auch noch nicht das Land / Im Gedenken an Mr. und Mrs. Johannes Mayer 1958. Sie setzten sich dicht nebeneinander.

Faith legte die Hand auf das Knie ihres Vaters. Liebster Papa, sagte sie.

Mr. Darwin spürte die Freiheit liebenden Gebunden-seins. Ich muss dir die Wahrheit sagen. Faith, es ist so. Wir haben nicht nur geredet, am Telefon. Ricardo hat uns besucht. Ich wollte vor den Jungen nicht darüber reden. Ich nicht und auch nicht deine Mutter. Für sie war es ein Schock, ihn zu sehen. Sie hat uns Kaffeetrinken geschickt. Mir war nie klar, dass er ein so interessanter junger Mann ist.

So jung ist er gar nicht, sagte Faith. Sie rückte etwas ab von ihrem Vater – aber nicht mehr als einen Fingerbreit.

Für mich schon, sagte Mr. Darwin. Jung. Jung heißt einfach nicht alt. Was gibt's da zu streiten. Was du weißt, das weißt *du*. Was ich weiß, das weiß *ich*.

Ach ja!, sagte Faith. Wusstest du, dass er die Kinder nicht besucht hat? Und einen Batzen Knete schuldet er mir auch.

Aha, Geld! Vielleicht schämt er sich. Er hat kein Geld. Er ist ein Mann. Bestimmt schämt er sich. Ach, Faith, tut mir leid, dass ich überhaupt davon angefangen habe. Beim Thema Ricardo leidest du wirklich unter Demenz.

Demenz? Alles klar, ich bin dement. Das ist nett. Du unterhältst dich schön mit Ricardo, und ich bin dement.

Beruhig dich, Faithy, bitte. Kannst du nicht ein etwas friedlicheres Leben führen? Vielleicht hast du ja ein bisschen was von dem ganzen Kram selber verursacht. Es ist ein fürchterliches Viertel. Ich wünschte, du würdest wegziehen.

Wegziehen? Wohin? Wovon? Was redest du da eigentlich?

Lass uns damit nicht schon wieder anfangen. Ich habe noch mehr loszuwerden. Ernste Dinge, mein liebes Mädchen, verglichen damit ist Ricardo eine Trivialität. Ich habe einen gewissen Entschluss gefasst. Deine Mutter verweigert mir die Zustimmung. Tatsache ist, dass ich hier nicht länger bleiben möchte. Ich habe mich entschieden. Deiner Mutter gefällt es. Sie denkt, sie ist in einem netten ruhigen Kibbutz, ein Glück bloß, dass nicht auf der einen Seite der Jordan und auf der anderen Ägypten ist. Sie sitzt da. Sie strickt. Sie liest den Blinden vor. Sie gibt einen Kurs in sogenannter Nadelspitze. Sie organisiert die Frauen. Sie haben einen Geschichtsklub: Vergesst das Vergangene nicht. So heißt der wirklich, wenn man das glauben kann.

Pa, worauf willst du hinaus?

Hinaus. Ich will auf die Tatsachen in dem Ganzen hinaus. Du hast ja recht mit allem, was du sagst. Und das Eine – dass ich nicht länger hierbleiben will –, das hab ich dir schon gesagt. Wenn ich nicht länger hierbleiben will, muss ich weggehen. Wenn ich weggehe, lasse ich Mama allein. Wenn ich Mama alleinlasse, na ja … das ist furchtbar. Nur, Faith, ich kann hier nicht weiterleben. Unmöglich. Das ist nicht mein Leben. Ich fühle mich nicht alt. Hab ich nie. Mir hat nur deine Mutter so leidgetan – wir waren enge Kameraden. Es ging ihr nicht mehr gut genug, um sich weiter mit der Hausarbeit abzurackern wie bisher. Ihre Operation hatte sie verändert... na ja, diesen Ärger hast du nicht mitbekommen. Du hast da schon dein eigenes Leben geführt... Tja, für sie ist das hier das reinste Grandhotel, nur voller *Landsleute*. Sie sieht in Hegel-Shtein keine verbitterte, säuerliche alte Dame. Sie sieht eine schillernde Matriarchin voller Leben in ihr. Sie sieht in den Bissel-Zwillingen keine vierundachtzigjährigen tragischen, kindischen, nach Urin riechenden Alten. Für sie sind sie bloß wundervoll! Ein ganzes Leben lang zusammen, Brüder! Sie sieht es nicht! Ach Faithy, sie sieht's einfach nicht.

Und?

Und da hat doch Ricardo neulich selbst bemerkt: Du siehst ganz bestimmt nicht aus wie ein alter Mann, immer in Bewegung, ständig was zu tun und den Kopf voller Ideen.

Stimmt schon... Trotzki hat ja darauf hingewiesen, dass die größte Überraschung, die auf einen Mann wartet, das Alter ist. Gut. Genau das meine ich, wenn ich sage, ich fühl mich nicht alt. Überraschung! Ist es nicht interessant, dass er zu jedem Thema so viel zu sagen hatte? Noch vor ein paar Jahren konnte ich ihn gar nicht richtig wertschätzen. Durch die Haustür rausgeworfen aus der Historie, steigt er zum Fenster rein und setzt sich ins Wohnzimmer... entschuldige, ich meine bloß, ich fühl mich nun mal kein Stück alt. Kein STÜCK. In keiner Weise. Verstehst du das, Faith?

Faith hoffte, er meinte nicht wirklich, was sie zu verstehen meinte.

Na klar doch, sagte sie. Glaub schon. Du fühlst dich gesund und willst noch was anpacken. Ist es das, was du meinst?

Viel mehr, viel mehr. Er seufzte. Wie kann ich es dir erklären, mein liebes Mädchen. Also schön, vielleicht so. Für mich steht fest, dass ich von hier wegmuss. Hier ist das Ende. Hier ist die letzte Station. Richtig?

Tja, schon …

Die letzte. Wenn es möglich wäre, so wie ich auf einmal dem Leben gegenüber empfinde – würde ich mich von deiner Mutter scheiden lassen.

Pa …!, sagte Faith. Pa, jetzt verschaukelst du mich.

Du bist die Letzte, die man verschaukelt, eine Frau, die so viel unter Veränderungen zu leiden hatte … nein. Doch, ich sollte mich von deiner Mutter scheiden lassen. Es wäre nur ehrlich.

Oh Pa, du würdest das doch nicht wirklich tun. Nicht im Ernst, meine ich.

Ich würde sie natürlich nicht im Stich lassen, aber der Hauptgrund … gut, werd ich nicht, sagte er. Faith, du weißt, wieso ich es nicht tun werde. Hast du wohl vergessen. Weil wir nie verheiratet waren.

Nie verheiratet?

Nie verheiratet. Ich glaube, wenn zwei so viele Jahre zusammenleben, ist das fast genauso rechtmäßig, als hätte sie der Rabbi persönlich mit einem Lasso aus Junirosen eingefangen. Trotzdem, das Problem ist dornig wie die Rose selber. Wenn man nie geheiratet hat, wie kann man dann geschieden werden?

Pa, ich blick da noch nicht ganz durch. Du hast vor, Mama zu verlassen.

Nein, nein, nein. Ich habe vor, von hier wegzugehen. Wenn sie mitkommt, gut – auch wenn das Leben ein anderes sein wird. Und kommt sie nicht mit, dann heißt es halt Lebwohl.

Nie verheiratet, sagte Faith noch einmal zu sich selbst. Mann, Mann … tja, und wieso nicht?

Vergiss nicht, Faithy, wir waren aus anderem Holz geschnitzt als du. Wir waren Idealisten.

Oh, *ihr* wart Idealisten …, sagte Faith. Sie stand auf und ging um die Theodor Herzl zu Ehren dort stehende Bank herum. Mr. Darwin sah ihr zu. Dann setzte sie sich wieder und erfüllte sein unschuldiges Ohr mit der Welt, wie sie schlicht und ergreifend war.

Tja, Pa, weißt du, ich hab grade drei Liebhaber. Und ich habe keine Ahnung, welchen ich mir aussuchen soll, um ihn am Ende zu heiraten.

Bitte? Faith …

Tja, Pa, ich bin genau wie du, eine Idealistin. Die ganze Welt wird pausenlos idealistischer. Idealisten, wohin man sieht. Die Leute wollen nur das Beste, nur Vollkommenheit.

Du machst Witze.

Witze? Was ist daran witzig? Wieso ist Ricardo weg,

hm? Weil er Idealist ist, darum. Irgendwo gab es irgend-was Vollkommenes für ihn. Also sag ich mir: Gut so. Ich auch. Ich auch! Irgendwo wartet die Vollkommen-heit auch auf mich. Für welchen meiner drei Liebhaber sollte eine so hochstehende Idealistin wie ich sich ent-scheiden, was meinst du? *Ich* weiß es nicht.

Faith. Drei Männer, du schläfst mit drei Männern. Ich glaub das nicht.

Stimmt aber. In nur einer Woche. Wie findest du das?

Faithy. Faith. Wie konntest du so was nur machen? Mein Gott, wie nur? Erzähl das nicht deiner Mutter. Von mir wird sie es nie erfahren. Niemals.

Wieso, was ist so furchtbar daran, Pa? Was, hm?

Sag es mir. Er sprach sehr ruhig. Wozu? Wieso machst du für die so was? Du hast kein Geld, das ist es. Ja, sagte er zu sich selbst, das Mädchen hat kein Geld.

Wovon redest du?

… Geld.

Na klar doch, sie bezahlen mich ordentlich. Was hast denn du gedacht? Sie bezahlen mit ein paar Stun-den ihrer kostbaren Zeit. Sie erzählen mir ihre Sorgen und wieso sie geschieden sind oder getrennt leben, und sie lassen mich ab und zu Abendessen kochen. Mit den Jungs spielen sie sonntags im Central Park Ball. Na klar doch werd ich bezahlt, Pa, so reichlich, es steht mir bis hier.

Es ist ja nicht so, dass ich kein Geld habe, beharrte er. Du brauchst mich doch nur zu fragen. Faith, jedes Jahr steckst du in einem schlimmeren Schlamassel als vorher. Was haben deine Mutter und ich getan? Wir haben nur unser Bestes versucht.

Sieht so aus, als wäre euer Bestes echt mies, sagte Faith. Ich will die Jungs holen gehen. Ich will hier raus. Ich will jetzt auf der Stelle los.

Aufgelöst, mit schmerzendem Kiefer, Seitenstechen und einem Brennen an der kleinen Entzündung auf dem Handgelenk eilte sie durch die Aufnahmehalle, vorbei an der Bibliothek, wo es dunkel war, und dem Kunst- und Bastelstudio voller Leute. Ohne sie eines Blickes zu würdigen, rauschte sie vorbei an der glorreichen Madame Elena Nazdarova, die mit lila Haaren und schwarzem Spitzenschal neben dem Eingang zur Zeitschriftenabteilung saß und das preisgekrönte Heimmagazin *A Bessere Zeit* lektorierte. Madame Nazdarova erblickte Mr. Darwin, der atemlos Faith verfolgte, und rief: Eieiei, Darwin … gar keine Liebesgedichte diesen Monat? Wie soll ich da in Druck gehen?

Veräppeln Sie mich nicht, veräppeln Sie mich nicht, japste Mr. Darwin, während er Faith nachsetzte. Faith!, rief er, du läufst zu schnell.

Na dann. Oh Mann!, sagte Faith, hielt auf dem Treppenabsatz zum ersten Stock kurz an und drehte sich nach ihm um. Ich dachte, du bist ein junger Mann. Du und Ricardo solltet euch eine hübsche Bude in der East Side mieten, mit separaten Eingängen, damit ihr separat Mädchen empfangen könnt.

Beurteil du die Welt nicht nach dir selbst. Ricardo hatte ziemliche Probleme mit dir. Allmählich seh ich nämlich klar. Nicht umsonst hab ich schließlich geraten, sucht euch psychiatrische Hilfe. Charlie ist jemand mit guten Kontakten zur Ärzteschaft.

Erwähne in meiner Gegenwart Charlie nicht! Lass es einfach. Ich will die Jungs holen. Ich will los. Ich will jetzt raus hier!

Sag ja deiner Mutter nicht, wieso ich dir Treppe rauf, Treppe runter nachrenne wie ein Idiot. Sie hatte eine Schwester, die war auch so eine Rumtreiberin. Sie wird dir ins Gesicht gucken und wissen, was los ist. Auf der Stelle wird sie's wissen.

Renn mir nicht nach!, kreischte Faith.

Sprich leiser, presste Mr. Darwin zwischen den Zähnen hervor. Hörst du, oder hast du gar keinen Stolz mehr?

Geh weg, zischte Faith, so folgsam wie rasend.

Sag ja deiner Mutter nichts.

Halt den Mund!, zischte Faith.

Die Jungs sind unten und spielen mit Mrs. Reis Tischtennis. Sie hat sie ganz nett dazu eingeladen. Was ist los, Faith? Du guckst ganz finster, sagte ihre Mutter.

Durchgedreht, keuchte Mr. Darwin außer Atem, durchgedreht wie Sylvia, deine durchgedrehte Schwester.

Oje, die. Mrs. Darwin lachte, nahm aber Faiths Hand und presste sie sich an die Wange. Was wurmt dich so, Faith, hm? Ja, stimmt, du hast schon was von Sylvia. Ein und dasselbe Temperament. Oh, war die voller Leben. Meine arme Syl, die sprühte vor Lust. Ist vor dem Fernseher gestorben. Die hat nichts ausgelassen, aber gar nichts.

Oh, Ma, wen kümmert es, was mit Sylvia passiert ist.

Darf ich mal erfahren, welche Laus dir über die Leber gelaufen ist?

Das fröhliche Gesicht eines Mannes erschien weit oben in der Türöffnung. Ist das die Wohnung der Darwins?

Na so was, Phil, sagte Faith. Was für ein Tag.

Was soll das?, rief Mr. Darwin. Welcher ist denn das, hm?

Philip beugte sich in das kleine Zimmer. Er hatte eine schüchterne und zugleich entschiedene Miene aufgesetzt, weshalb er den Eindruck machte, als würde er jeden Augenblick wieder gehen. Ich bin ein Freund von Faith und ihren Jungs, sagte er. Mein Name ist Mazzano. Eigentlich aber bin ich hier, um mit Mr. Darwin über seine Arbeit zu sprechen. Es gibt da eine Menge Möglichkeiten.

Sie haben was über mich gehört?, fragte Mr. Darwin. Und von wem?

Faithy, hol doch das schöne Service raus, sagte ihre Mutter.

Was?, fragte Faith.

Was heißt hier was? Was, wiederholte sie, das Mädchen sagt was.

Ich verschwinde hier, sagte Faith. Ich gehe die Jungs holen, und dann verschwinde ich.

Lass sie gehen, sagte Mr. Darwin.

Philip bemerkte sie auf einmal. Und ich, was mache ich?, fragte er. Bitte sag du mir, was ich machen soll.

Rede mit ihm, ist mir egal. Das ist es doch, was du willst. Reden. Stimmt's? Muss eine Komödie sein, dieser beschissene Nachmittag, dachte sie. Nur wieso war das so?

Philip sagte: Mr. Darwin, Ihre Lieder sind wunderschön.

Wiedersehen, sagte Faith.

Hey, warte doch kurz, Faith. Bitte.

Nein, sagte sie.

Am Strand von Brighton, dem alten Strand ihrer Kindheit, zeigte sie den Jungs das Geheimversteck unter der Holzpromenade, wo sie das zusammengesuchte Leergut aufbewahrt hatte. Brachte jede Limoflasche drei Cent oder einen Nickel? Weiß ich nicht mehr, sagte sie. Hier war mein Reich. Ich musste darum kämpfen. Aber mir hat ein Junge geholfen, der hieß Eddie.

Mommy, wieso wohnen die da? Müssen die das? Kriegen sie keine richtige Wohnung? Wieso nicht?

Also *ich* find's schön hier, sagte Tonto.

Halt du doch die Klappe, Blödmann, sagte Richard.

Hey Jungs, seht euch mal den Ozean an. Ihr wisst doch, ihr hattet einen Urgroßvater, der wohnte weit oben im Norden, an der Ostsee, und wisst ihr was – der lief immer Schlittschuh, meilenweit und stundenlang lief er an der Küste entlang Schlittschuh und hatte dabei einen gefrorenen Hering in der Tasche.

Tonto konnte das beim besten Willen nicht glauben. Er ließ sich rückwärts in den Sand fallen. Einen gefrorenen Hering! Was muss das für ein Knallkopp gewesen sein.

Echt jetzt, Ma?, sagte Richard. Kanntest du ihn?, fragte er.

Nein, Richie, kannte ich nicht. Es heißt, er wollte herkommen. Aber es gab kein Schiff. Es war zu spät. Darum lache ich nie, wenn Opa diese Witzgeschichte erzählt.

Wieso lacht Opa dann?

Ach Richie, Himmel noch mal, hör bitte auf.

Tonto, der hart gelandet war, schaffte es nicht aufzustehen. Er hatte angefangen, eine Burg zu bauen. Faith setzte sich zu ihm in den kühlen Sand. Richard stapfte zum schäumenden Rand des Wassers hinunter, um über die kleinen Hafenwellen hinweg weit, weit in die Ferne zu blicken, so weit wie der Himmel. Dann kam er zurück. Sein kleiner Mund war angespannt und seine Augen schienen beunruhigt. Mom, du musst sie da rausholen. Sie sind deine Mutter und dein Vater. Du bist doch verantwortlich für sie.

Ach, jetzt komm, Richard, es gefällt ihnen. Wieso bin ich für alles verantwortlich, für jede verfluchte Kleinigkeit?

Ist eben so, sagte Richard. Faith blickte nach links und rechts über den Strand. Liebend gern hätte sie geschrien – Hilfe!

Wäre sie zehn, fünfzehn Jahre später zur Welt gekommen, hätte sie es womöglich gemacht, hätte geschrien und geschrien.

So aber wurden ihre Tränen einmal mehr zur Schutzbrille, mit der sie das Elend gefahrlos betrachten konnte.

Also los, begrabt mich, sagte sie, schon lag sie platt wie eine Leiche in der Oktobersonne.

Tonto fing auf der Stelle an, um ihre Knöchel herum Sand aufzuhäufen. Hör auf!, schrie Richard. Hör sofort auf, du bescheuerter Blödmann. Mom, ich hab doch nur Spaß gemacht.

Faith setzte sich auf. Verflucht noch mal, Richard, was ist eigentlich los mit dir? Alles ist gleich so eine Riesensache. Ich hab auch nur Spaß gemacht. Ich meinte, ihr sollt mich eingraben, nur bis hier, so, bis unter die Arme, verstehst du, damit ich euch ab und zu ordentlich eine langen kann, wenn ihr zu frech seid.

Oh Ma …, sagte Richard mit einem langen Seufzer, der sein Herz erleichterte. Neben Tonto sank er auf die Knie, und indem sie ihr reichlich Platz zum Ausholen und Zuhauen ließen, machten sich die beiden Jungs daran, sie so weit es ging mit Sand zuzuschütten.

Im Garten

Eine ältliche Dame, ausgezehrt und steif, saß im Garten neben einer schönen jungen Frau, deren zwei Kinder, acht und neun Jahre alt, acht Monate zuvor entführt worden waren.

Die Frauen waren Nachbarinnen. Sie trafen sich jeden Nachmittag, um über die Kinder zu reden. Ihre Sätze begannen: Wenn Rosa und Loiza heimgekommen sind ... Und oft gingen ihre Sätze weiter: Ich kann's gar nicht erwarten, ihnen die Eiscreme-Maschine zu zeigen, die Claudina uns gekauft hat ... Wahrscheinlich werden sie Angst haben, allein zur Schule zu gehen. Erst mal wird sie Pepe mit dem Wagen hinbringen müssen ... Dünn werden sie sein. Nein, eher werden sie zu dick sein, weil man sie gezwungen hat, nichts als Reis und Bohnen zu essen, und sie verhätschelt hat mit Süßkram und Spielzeug, damit sie ruhig sind.

Die ältliche Dame dachte: Wenn sie heimkommen, wenn sie heimkommen ...

Diesen Kissenbezug für Loiza, sagte die schöne junge Frau, die Mutter der Kinder, ich weiß nicht, ob ich den noch rechtzeitig fertigbekomme. Ich mache so viele Fehler, ich muss ihn auftrennen. Ich möchte, dass er perfekt wird.

Der Kissenbezug war bedruckt mit gelben Goldtrompeten vor grünen Blättern. In jeder Ecke sah man einen Kolibri.

Da kamen die beiden Ehemänner in Begleitung eines Fremden in den Garten und blieben unter der Bougainvillea stehen. Kaffee! Schwarz! Schwarz! Schwarz!, schrie der Vater. Immer schrie er in letzter Zeit. Seine Frau verschwand in die Küche, um eine vierte Kanne starken Kaffee zu machen. Der Vater wandte sich an den Fremden, er redete so laut, als wäre der Besucher taub. Das nenne ich Garten, mein Freund. Das ist mal was Schönes. Hier lässt sich leben. Sehen Sie sich um. Keine Spur von irgendwelchen Kriminellen. Die Polizei überwacht das Gelände regelmäßig. Ich sehe Ihnen an, dass Sie ein anständiger Mensch sind, und bin froh, Sie in dieser Straße zu haben. Wir vermieten nicht an Kommunisten oder was man so Hippies nennt. Grad jetzt schläft in einem meiner Häuser der Leiter des Chicago Medical Center. Da drüben, auf der anderen Straßenseite, das Haus mit der riesigen Veranda. Spätes Nickerchen. Sind seine Ferien von Familienärger und Geschäftssorgen. Sie verstehen. Wir, meine Partner und ich, waren verantwortlich für den Bau von fast jedem Haus, das Sie hier sehen, das Sie gemietet haben inbegriffen. Alle bestens geplant, bestens ausgeführt. Wir wollen, dass Leute mit Kindern und Enkeln herkommen. Wir vermieten nicht einfach an irgendwen.

Die ältliche Frau kann sein Geschrei nicht ertragen. Sie bittet ihren Mann, ihr auf dem Heimweg behilflich zu sein. Langsam gehen sie über den Rasen davon.

Für ein paar Minuten sitzt der Fremde zwischen den herrlichen Blumen und Vögeln. Er ist ein gut angezogener Mann im mittleren Alter und zufällig Kommunist. Er ist ebenfalls Vater zweier Kinder, die nur wenig älter sind als die entführten Töchter dieser Leute. Er ist voller Mitgefühl, aber auch beharrlich.

Im Lauf der nächsten paar Tage unterhält er sich während Einkäufen und Spaziergängen mit seinen Nachbarn, die allesamt freundlich sind. Eine Frau, die im Haus an der Ecke wohnt, steht oft an der schmiedeeisernen Pforte, der *Reja*, wie sie sagt, zu ihrer Veranda. Kannten Sie sie? Als er sie das fragt, bricht sie in Tränen aus. Ich werde sie nie wieder schreien hören, ich weiß es, sagt sie. Die Kleine, Loi, spielte mit meiner Enkelin. Als sie noch Zwerge waren, saßen sie mit ihren Puppen gleich da drüben, hinten in der Hängematte, wiege, wiege, winzigkleine Mamas. Ich dachte immer, sie würden zusammen groß werden und ihr Leben lang Freundinnen bleiben.

Er unterhielt sich mit einem anderen Nachbarn, den er in einem Laden traf. Hat er Sie irgendwie beleidigt?, fragte der Mann, als sie zusammen die palmengesäumte Straße entlanggingen. Nein, antwortete der Fremde. Ich meine ja auch bloß, weil das öfter vorkommt, wissen Sie. Ein paar glauben, dass er verrückt geworden ist.

Ich wäre verrückt geworden. Ich würde alles verscherbeln und machen, dass ich wegkomme. Aber er hat wohl zu viel Geld hier reingesteckt. Er hasst jeden von uns.

Wieso?, fragte der Fremde.

Wieso nicht?, erwiderte der andere. Würde es Ihnen anders gehen? Wir sind doch Zeugen der ganzen Geschichte. Unsere Kinder fahren hier auf ihren Rollschuhen durch die Gegend.

Ja, verstehe, sagte der Fremde.

Ein dritter Nachbar war dabei, sein Auto zu waschen. (Das war an einem anderen Tag.) Zuvorkommend machte er das Radio leiser, es liefen gerade protestantische Erlösungslieder. Aber ja, es *ist* furchtbar, sagte er. Und im Übrigen weiß jeder, aber auch jeder, dass seine Freunde es waren. Kann gut sein, dass auch er es weiß. Zumindest einer von ihnen steckte da tief drin. Jeden von uns hat die Polizei ordentlich rangenommen, nur bin ich eigentlich ganz froh, so traktiert worden zu sein. Zumindest kann ich jetzt glauben, dass die ihren Job ernst nehmen. Allerdings hat sich einer, Carlo – der Kopf des Ganzen, wenn Sie mich fragen, ich hab keine Angst, seinen Namen zu nennen –, während der Ermittlungen umgebracht. Grad letzten Monat. Ein Kubaner. Immer am Lachen.

Was Politisches?, fragte der Fremde.

Nein, nein, mein Freund, nichts dergleichen. Geld. Gier. Klar, da bin ich mir sicher, dachten die Kidnapper:

Der Rubel wird rollen. Was sind für den 100 000 Dollar. Einen Tag lang oder so den Kindern die Augen zubinden, schon schafft man sie zurück. Keiner weiß was. Kein Problem. Keiner weiß was. Die Träumer. Ein neuer Schlitten – zwei neue Schlitten. Was kostspieliges Hübsches in der Stadt. Restaurants. Highlife. Und bums! ging irgendwas schief. Ich hab keine Angst, Ihnen das zu sagen. *Jeder* weiß es. Aber hallo. Das Geld ist nicht schnell genug rübergewachsen. Wieso? Ich will Ihnen sagen, wieso. Weil unser Freund eingebildet ist und ein Blödmann und sich für viel zu mächtig und vom Glück verfolgt hielt, um einen tragischen Verlust zu erleiden. Viel zu schnell (er ist ja ein wichtiger Hansel) schritten sie ein, alle Mann, lokale und Bundespolizei. Und die Kidnapper kriegten's mit der Angst, kann man verstehen. Wo sind die Kinder?, wundert man sich vielleicht. Vielleicht im Ausland, vielleicht in liebevoller Obhut einer verängstigten Ehefrau. Vielleicht werden sie vergessen, was war, werden zur Schule gehen und denken: Oh, diese andere Kindheit war nur ein Traum. Vielleicht hat man sie ins Meer geworfen. Abfall. Nicht gut, nicht gut.

Er stellte das Radio lauter. Wiedersehen, sagte er.

Das angrenzende Haus gehörte der ältlichen Frau. Sie saß auf der Vorderveranda, einen Schal über den Knien. Neben ihr saß ihr Mann. In ihren Händen rollte sie kleine Metallkugeln hin und her, eine Übung, um den Muskelschwund in ihren Fingern zu verlangsamen.

Der Fremde ging nach oben an die *Reja*, um sich zu verabschieden. Seine Ferien waren zu Ende. Am nächsten Morgen würde er die Insel verlassen.

Sehen Sie sich das an, sehen Sie sich das bloß an, sagte ihr Mann und wedelte mit einer Zeitung in Richtung des Fremden. Der sah sich den eingekreisten Artikel an. Der Reporter hatte geschrieben: »In einem Interview, das er diesen Nachmittag in seiner Sommerresidenz in den Bergen gab, sagte Senor L., Vater der vor nunmehr fast einem Jahr entführten kleinen Mädchen: Selbstverständlich werden sie zurückgebracht. Wäre ich eine weniger öffentliche Person, hätte man sie längst zurückgebracht. Wir erwarten sie daheim zurück. Ihr Zimmer ist für sie vorbereitet. Wir glauben, meine Frau und ich, wir glauben fest, ja sind überzeugt, dass sie zurückgebracht werden.«

Was denkt er sich?, fragte der Mann der ältlichen Frau. Er glaubt, weil er früher mal ein armer Bengel in einem armen Land war und dann schwerreich wurde und eine schöne Frau geheiratet hat, deshalb denkt er wohl, er kann mit den Zähnen Stahl verbiegen.

Die Frau sprach sehr langsam. Da sieht man, Sir, wie es um die Welt steht. Ihr Gesicht war völlig ausdruckslos. Die zehrende Erkrankung, die ihren Gliedmaßen die Beweglichkeit raubte, hatte den Muskeln das kostbare Geschenk des Mienenspiels genommen.

Ihr war gesagt worden, dass diese Lähmung schon bald sehr viel schlimmer werden würde. Um zu begreifen, was auf sie zukam, und sich einzurichten mit dem bisschen Leben, das damit möglich wäre, folgte sie dem davongehenden Fremden – ohne den Kopf zu bewegen – allein mit ihren Augen. Ihr Blick folgte ihm, von links nach rechts, seinem Gang, seiner Kleidung, seinem Haar, seinen schwingenden Armen. Traurig musste sie einsehen, dass die bloße Bewegung der Augen, selbst wenn man sie zu jeder Minute auskostete, keine besonders abenteuerliche Reise war.

Doch auf einmal begann sie, sich für ihren Mut zu interessieren.

Woanders

Zweiundzwanzig Amerikaner reisten durch China. Ich war einer von ihnen. Wir machten viele Fotos. Wir hatten gelernt, wie man hallo sagt, auf Wiedersehen, dürfte ich ein Foto von Ihnen machen? Häufig wollten die Leute nicht fotografiert werden.

Tja, warum ist das bloß so? Wir machen Bilder von ihnen, damit wir uns an die Chinesen besser erinnern, um unseren Freunden nach dem Abendessen von ihnen zu erzählen und später mal in Kirchen und Schulen Diavorträge halten zu können. In Wahrheit aber machen wir es, weil wir die Politik nicht aus dem Kopf kriegen, wenn nicht sogar, weil wir davon vollkommen beherrscht werden.

Mister Wong, der politische Orientierungsberater der Reiseleitung, sagte, der Grund sei Antonionis Film über China, der ihn aufgrund seiner archaischen Schönheit fasziniert habe. Sein Mittelmacht-Chauvinismus habe China als das Soufflé Europas betrachtet, das anschwelle oder zusammensacke, je nachdem wie viele Nährstoffe amerikanische Kapitalinvestoren und Avantgardekunst hineinbutterten.

Er sagte, die hohe Wachsamkeit des Volkes hierzulande würde es unmöglich machen, die Geringschät-

zung dieses Filmemachers für alles Technische nachzu-
äffen, die gut sichtbar im Stahl der Städte und überall
längs der Reis- und Soja- und Weizenterrassen zur Gel-
tung käme.

Eines Tages sagte er im Sitzungszimmer des Hotels:
Sie mögen die Chinesen nicht.

Also das hätte er nicht sagen sollen. Danach hörten
wir ihm nicht mehr zu – besonders Ruth Larsen, Ann
Reyer und ich. Bis hin zum letzten Touristen waren wir
vernarrt in die Chinesische Revolution, Mao Zedong
und die Chinesen. Wer ein großes Herz hatte, umarmte
hin und wieder einen Reiseleiter oder eine Dolmetsche-
rin. Andere hofften, sie würden vor Ende der Rundreise
eine Straße in Shanghai oder Kanton entlangbummeln
können, Hand in Hand mit einem chinesischen Menschen ihres Geschlechts, genau wie es die Chinesen
machten – über Politik plaudernd, sich über das Neuste
in Sachen Ideologie austauschend. Immer wieder lugten
wir verstohlen in Innenhöfe von Familien, um einen
Blick auf das wahre Leben zu erhaschen, von dem wir,
mochten wir noch so vernarrt sein, ausgeschlossen
waren.

Als wir Mister Wong langsam wieder zuhörten, war
er gerade dabei, einen von uns zu beschuldigen, ohne
Erlaubnis Fotos gemacht zu haben. Wo? Wann? Wo?
Wer?, fragten wir. Wir hofften, nun nicht die sozialistische Ungerechtigkeit zu spüren zu bekommen, denn
wir liebten ja den Sozialismus.

Genau hier in Tianjin, vor dem Hotel, sagte Mister Wong.

Ach ja, dachten wir, sehr gut möglich. Gleich gegenüber dem Hotel, in dem schönen kleinen Park dort, war es fürchterlich verlockend, Fotos zu machen. Da spielten die Jungen Tischtennis und machten die Alten – 1/25er Belichtung – langsam Tai-Chi. Außerdem hatten die weder alten noch jungen Textilarbeiterinnen für ein paar Tage ihre Nähmaschinen verlassen, um an der Gestaltung der Stoffe mitzuwirken, die sie herstellten. Sie standen im Kreis um den Rosengarten und zeichneten Blätter und Rosen. Einer von uns könnte es gewesen sein – knipste einfach drauflos, zu aufgeregt, um zu fragen: Dürfte ich vielleicht ein Foto von Ihnen machen?

Mister Wong fuhr fort. Der Beschuldigte, sagte er, habe einen einfachen mittelständischen Bauern fotografiert, der gerade dabei war, seinen zweirädrigen Karren voller ländlicher Erzeugnisse in die Stadt zu ziehen. Obendrauf hatte ein Junge geschlafen.

Ah, was für ein Bild! China! Der schwere Karren, der sich abrackernde Mann, die schmale Straße – früher der Inbegriff von Englands Straßen (mit ihren riesigen, von erstklassigen Rohrleitungen für den Dreck des englischen Empires durchzogenen Gebäuden), so wie die Innenstädte überall im Freien Westen. Im Vordergrund mühte sich der Fotografierte ab – wahrscheinlich brachte er erstes Frühlingsgemüse in irgendein abgelegenes Viertel, um dafür kloschüsselweise das stinkende Gold der Stadt in seinen Heimatort heimzukarren.

Diese Tat, dieses Ablichten, war von einem wachsamen chinesischen Arbeiter gemeldet worden, der über Antonionis Verrat erbost war. Mister Wong zeigte mit seinem politischen Finger auf unseren großartigen Kameraden Frederick J. Lorenz. Sie!, sagte er. Insbesondere *Sie* sind kein Freund.

Ein allgemeines Nach-Luft-Schnappen und drei nervöse Kicherer. Unverzüglich berührte Ruth Larsen Fred an der Schulter, um ihre Loyalität zu bekunden. Freddy! Nicht Freddy! Joe Larsen sprang auf. Er ging zur Tür. Er legte die Hand auf die Klinke.

Alle hatten wir angenommen, der von Mister Wong für schuldig Befundene müsste Martin sein, ein gutmütiger Freund jeglicher Revolutionen, ein altgedienter Gewerkschaftsmacher, Hobbyhistoriker, leidenschaftlicher Fotograf. (Noch ehe unsere Rundreise zu Ende war, hatte er 4387 Bilder gemacht, obwohl seine Kamera für zwei Tage kaputt gewesen war. Kaputt war sie genau genommen nicht; sie hatte einfach ihr Auge geschlossen vor Erschöpfung.)

Ruth, Ann und ich hatten über Freddy diskutiert. Ruth war der Ansicht, man hätte schon längst mal mit ihm reden sollen, allerdings nicht über seine Fotografiererei. Hier in China, wo sich alle Erwachsenen bescheiden grau, blau oder grün anzogen, trug Freddy sehr kurze weiße kalifornische Shorts, dazu ein senfgelbes kalifornisches BVD-Shirt sowie über seinem bronzefarbenen Gesicht mit den blauen Augen goldbraune kalifornische Locken. Ihrer Ansicht nach gehörte sich das nicht.

Wer bist du, Ruth? Die Unterwäsche-Kommissarin?, hatte Ann gefragt.

Beim Frühstück hatte Ruth ihn angesprochen: Freddy! …, dann aber gedacht: Oh Mann! Jetzt geht *das* wieder los – die typische Einschätzung der Alten, nämlich: Kompromisslose Politik geht in Ordnung, solange sie sich bürgerlich adrett gewandet. Du behältst deine Sonnenbräune aber ganz schön lange, Freddy, hatte sie also gesagt.

Fred schloss die Augen, um in aller Einsamkeit nachdenken zu können. Zwei Minuten lang durchlebten wir die ganze Rundreise in Panik. Wir warteten ab, wie Freddy sich entscheiden würde. Er schlug die Augen auf, dann erhob er sich, als würde er als Nächstes sagen: Einspruch, Euer Ehren!

Mister Wong verzog seinen Mund zu einem kleinen Lächeln. Er blickte in die Runde und sah jeden von uns an. Erneut hob er den Finger: Sie, Mr. Lorenz, wurden von einem anderen Arbeiter außerdem beschuldigt, in eine Nudelmanufaktur eingefallen zu sein.

Lautes Rufen. Nein! Nein! Herrje! Also bitte! Er macht wohl Witze! Drei junge Leute, die uns ältere Jahrgänge gern einmal in politische Widersprüchlichkeiten oder verräterische Bestürzung verstrickt erlebt hätten, lachten einfach bloß.

Einer von uns, Duane Smith, hatte seine ganzen Ersparnisse in diese Reise gesteckt. Sechs Jahre lang hatte er an der Abendschule Chinesisch gelernt, nur damit er eines Tages hierherkommen konnte und von den Chinesen auf dem Tian'anmen-Platz verstanden wurde. Er lachte nicht. Das ist ernst, flüsterte er. Was, wenn sie uns rauswerfen?

Ruth sagte: Niemals!

Eingefallen wo?, fragte Fred. Joe!, rief er. Gott im Himmel, sagte er und setzte sich. Was wollte China nur von ihm?

Joe Larsen zerkaute sehr nachdrücklich ein zuckerfreies Kaugummi und tigerte in der Nähe der Tür verärgert im Kreis herum. Dann aber schritt er schnurstracks durch das Zimmer und nahm Mister Wong ins Visier. Für ihn war das eine Glaubensfrage. So wie er Politik verstand, musste man der Macht aufrichtig in ihr grausames Auge blicken.

Mister Wong, sagte er, Sie wissen, in Peking habe auch ich eine Nudelmanufaktur besucht. Eine unweit vom Hotel.

Joe sagte, er wolle sich absolut klar ausdrücken. Dass er und Fred sich in dem Nudelgeschäft in der Innenstadt von Tianjin aufgehalten hatten, sei allein sein Fehler. Er schreibe, wenn er nicht in China sei, an einem Roman, einer Utopie, einer fiktiven Geschichte, in welcher den autarken und wenn auch bescheidenen, so doch nützlichen Techniken der Nudelherstellung ein kurzes Kapitel gewidmet sei. Er habe es als ein gutes Omen aufgefasst, an dieser Straßenmanufaktur vorbeigekommen und eingeladen worden zu sein, sich die Nudeln anzusehen, die weichen, überall hängenden und in den Behältern die festen, schon getrockneten. Er bewundere die leicht zu bedienende Maschine, die sie formte, schnitt und auspresste.

Wieso gibt der das alles zu?, sagte Duane Smith. Seinetwegen werden sie uns noch rauswerfen.

Niemals, sagte Ruth.

Die anderen hatten auf interessantere Geständnisse gehofft. Joe machte oft lange Spaziergänge, während wir übrigen uns Orte ansahen, die von kulturellem Interesse waren. Beim Abendessen erzählte er uns etwa, wie er Tee mit alten Männern getrunken hatte – ein Zustand, an dem er nicht nur einfach teilnahm, sondern an dem er auch Gefallen fand. Er hatte zusammen mit lautstarken chinesischen Familien die Fähre zum anderen Ufer eines Flusses genommen. Dort, in einem abgelegenen Bezirk, hatten ihm zwei alte Leute – Straßenaufseher – gezeigt, wie man eine Bananenschale wegwarf.

Einige charakterschwache Mitglieder unserer Gruppe beneideten ihn um seine Abenteuer. Wenn er etwas sagte, hatten sie sich für ihre Schüchternheit ein bisschen geschämt, jetzt aber, da er sich etwas sagen lassen musste, waren sie stolz auf ihre Gruppendisziplin.

Mister Wong, sagte Joe, Fred hat *mich* begleitet. Er war nicht allein. Es war meine Idee. Ich bin verrückt nach Ihren Straßennudelmanufakturen. Straßenfabriken sagt man bei Ihnen, richtig?

Mister Wong sah Joe an. Dann tat er so, als gäbe es Joe nicht und hätte ihn nie gegeben. Mister Wong wünschte mitten in einer politischen Zurechtweisung nicht unterbrochen zu werden. Außerdem schien er nicht zwei Leute gleichzeitig beschuldigen zu wollen. Wieso? Vielleicht war das Beschuldigen von bloß einem schärfer und verlangte bloß einen Finger, bloß einen barschen Schrei. Jedenfalls ignorierte er Joe und die interessante sozialistische Frage nach dezentralisierter Industrie mit Standort in der Nachbarschaft. Mr. Lorenz, sagte er stattdessen, warum haben Sie ausgerechnet diesen Bauern fotografiert?

Was? Ich? Ich? Ich?

Fred fragte so oft Ich?, weil er einer unserer führenden Protestbewegungsanwälte war (und ist). Er ist Anerkennung von seinesgleichen und Schüchternheit auf Antragstellerseite gewohnt. Verlässlich übernimmt er die hoffnungslosesten Fälle und sorgt allein mit seiner juristischen Bildung und politischen Erfahrung für Hoffnung! – und eine wütend protestierende Anhängerschaft.

Also rief er noch einmal: Ich? Mann, dann nehmen Sie eben meinen Film. Nehmen Sie. Nehmen Sie die Kamera. Sie werden schon sehen. Da ist nichts … Nehmen Sie. Ich *mag* die Knipserei noch nicht mal. Ich hasse den bescheuerten Kram.

Er versuchte sich den Kameragurt über den Kopf zu ziehen. Klappte nicht.

Es stimmt, Mister Wong, sagte Martin und versuchte damit, einen vernünftigen Ton anzuschlagen (so wie ein Kamerad immer mit dem anderen reden sollte). Letzte Woche ging meine Kamera kaputt, und er gab mir seine. Hat ihm überhaupt nichts ausgemacht.

Interessiert uns nicht, sagte Mister Wong. Sie werden noch für zwölf Tage hier sein. Wir wollten Sie wissen lassen, dass die Chinesen wachsam sind. Er machte die kleinstmögliche Verbeugung, drehte sich um und ging.

Einige von uns versammelten sich um Fred. Andere versammelten sich so weit weg von Fred wie möglich.

Später am Abend waren wir eingeladen, die Frauenvereinigung von Tianjin an unserem kulturellen Erbe teilhaben zu lassen. Wir sangen »I've Been Working on the Railroad«.

Am folgenden Nachmittag unterhielt sich Ruth mit Ho, einem unserer Reiseleiter. Wir alle mochten ihn, weil er sich seine Hose bis zu den Knien hochkrempelte, wenn es heiß war. Wissen Sie, sagte sie, Fred ist einer unserer großen Arme-Leute-Anwälte.

Aber ihr Leutchen habt's ja nicht so mit dem Recht, stimmt's?, sagte Ann. Sie ist schon immer etwas sarkastisch gewesen.

Geschieht euch ganz recht, das alles, sagte ich zu Ho. Wer hat euch denn gebeten, Antonioni einzuladen, den Stern des untergehenden Westens? Ich wette, jede

Menge weniger bekannter Leute hätten ihr Leben gegeben, um den Film machen zu dürfen.

Lassen wir ihn in Ruhe, sagte Martin, der uns hübsch
in seinem Sucher arrangierte, um ein Gruppenfoto zu
knipsen. Bitte!, sagte Duane Smith, lasst ihn einfach.

Ho hatte sich an unsere ewigen Diskussionen gewöhnt. Er krempelte sich die Hosenbeine noch eins
höher über die Knie. Es stimmt aber doch, oder?, sagte
er. Erst muss man die Leute fragen – möchten sie aufs
Foto oder möchten nicht.

Stimmt, sagte ich, nur geht's darum gar nicht, und das
wissen Sie, Ho.

Und morgen, wenn Sie aufs Land und zu den Fisch-
zuchten fahren, werden Sie also fragen, bevor Sie ein
Bild machen von dem armen oder einfachen mittelständischen Bauern?

Klar, sagte Ann.

Sie werden also fragen, auch wenn es nur ein Kind ist:
Darf ich ein Foto von dir machen?

Okay. Okay!, sagten wir. Entspannen Sie sich! Wir
haben Sie die ersten fünfhundertmal auch schon verstanden.

Ungefähr drei Monate später lud uns Martin zu einem
gemeinsamen China-Abend zu sich nach Hause ein, zu
lauter Essen, Dias, Einsichten und Kommentaren.
Zwölf Leute kamen. Ann war am selben Morgen nach
Portugal geflogen. Duane Smith hatte aus Kalifornien

geschrieben, natürlich könne er nicht, würde aber Martin für ein paar Wochen seine Fischzucht-Dias leihen und die auch sofort per Luftpost schicken, express und eingeschrieben. Fred war sich sicher, dass er dabei sein konnte – er hatte eine Woche lang in New York auf Konferenzen zu tun.

Die drei jungen Leute waren da, prächtig sahen sie aus. Sie waren freundlich. Zwar sahen zwei in der neuen Politik der Härte noch immer einen Grund zu feiern, einer aber, der sich mit Gegrinse und düsterer Miene über uns lustig gemacht hatte, fragte, ob wir uns nicht bitte zur Einstimmung auf den Abend an den Händen halten und singen könnten, und zwar »Listen, listen, listen to my heart's song, I'll never forget you, I'll never forsake you«.

Warum nicht?, sagte ich. Sehen wir mal, was passiert.

Mein Gott!, sagte Ruth. Was ist denn in dich gefahren? Aber egal … wo steckt Joe eigentlich?

Jemand sagte, wir sollten entweder mit Essen oder mit Dias-Gucken anfangen. Joe benahm sich einfach unmöglich. In zwei Ländern hatte er sich undiszipliniert verhalten. Die Jüngeren mit ihrem jugendlichen Appetit aßen den ganzen Käse weg.

Joe kam vierzig Minuten zu spät, halb verhungert, verschwitzt. Muss euch erzählen, was passiert ist, sagte er.

Kennt ihr diesen hübschen Park in der South Bronx, den ich so mag, wo ich diesen Sommer immer mal wieder gearbeitet habe? Also gut, grad vor ein paar Stunden bin ich da fertig geworden. Die Jungs, mit denen ich arbeite, waren schon nach Haus gegangen – wir hatte eine Riesenparty –, und ich packte die Kamera und Juans Filme von der Fiesta in eine Umhängetasche.

Ich wusste, gleich treff ich euch alle, also ließ ich mir Zeit und schlenderte zurück zur U-Bahn, stellte mir unsere Unterhaltungen vor und war schon, na ja, aufgeregt – ihr wisst ja, ich bin schnell aufgeregt.

Diese elenden Straßen. Die ganzen Wochen war ich mit den Kids aus dem Sommer-Workshop in dem Viertel unterwegs – nicht bloß im Park, auch auf Grundstücken –, baute paar Spielplätze mit auf und das komische Riesenkletterding, das ich dir gezeigt habe, Marty. Weißt du noch? Und filmte, wollte die Kids dazu bringen, die Augen aufzumachen – nicht dass das irgendeiner jetzt täte. Vielleicht wollte ich auch nur was davon festhalten. Manchmal heben wir ein paar Balken an, und einmal, da fängt auf der anderen Straßenseite plötzlich ein Gebäude an zu qualmen – Rauch, dicker weißer Rauch, und dann Flammen aus jedem Fenster. Die Kids aus der Bronx machen normalerweise einfach weiter, aber die anderen Jungs – die sind auch Puerto Ricaner, die kommen wie ich aus der Lower East Side, und ein Junge ist aus Brooklyn –, die sind schwer am Staunen. Sie können's nicht fassen – ein Mietblock, den es übler erwischt als ihren eigenen. Nach den Löschzügen, nach dem Feuer, als alles abkühlt, wollen sie den Junkies dabei zusehen, wie sie Messingrohre, echtes altes Messing, aus den Fenstern werfen. Einige dieser Gebäude waren früher mal schöne Mietshäuser.

Weiß ich, sagte Ruth. Hab in einem gewohnt. Ich auch, sagte Martin.

Stimmt. Wir haben was gefilmt, wenn ihr das irgendwann mal sehen wollt – auf der einen Straßenseite brennt der Mietblock ab, und auf der anderen wollen die Kids was bauen.

Na ja, es ist also so ein super Tag heute, ich bin einfach rumgelaufen und hab so vor mich hin geträumt. Ich kam an einer Fabrik vorbei. Da war ein Schild: EMPLEADOS NECESITADOS. Machte paar Fotos. Frauen kamen aus der Fabrik. Es war ungefähr halb sechs, schätz ich. Sie winkten, ich machte ein, zwei Bilder, sie winkten noch ein bisschen.

Jedenfalls ist es ja so, dass es in jeder Straße dort zwischen ein paar dutzend verlassenen Gebäuden immer eins oder zwei gibt, die fast unversehrt wirken. Normalerweise sitzen vor so einem Gebäude Männer und Halbstarke herum. Und genau das sah ich jetzt, grad mal ein oder zwei Blocks von der Fabrik entfernt. Ich hatte gar nicht vor, noch weiter zu filmen, nur brauchten wir noch ein paar gute lange Hintergrundeinstellungen – die Kids zoomen ja entweder wild alles ran und wieder weg oder gehen gleich auf Close-up. Also fing ich diesen langsamen Schwenk über das oberste Stockwerk an – schwarze Fenster und verkohlte Dächer –, und als ich dann allmählich alles im Kasten hatte, da konnte ich im Augenwinkel eine Gruppe von Typen auf einer der Vortreppen sehen. Sie waren ziemlich weit weg – spielten Gitarre, saßen auf einer Mauer, einer Matratze, den Stufen – und hatten ein paar Transistorradios.

Ich hatte ein scheiß ungutes Gefühl, sie in dem langen Schwenk mit draufzuhaben. Eigentlich weiß ich es gar nicht mehr … hab ich sie drauf oder hab ich vorher aufgehört? Vielleicht wollte ich sie ja wirklich draufhaben – weil ich diese typischen Intros nämlich hasse, wisst ihr. Vielleicht wär es richtig gewesen – stimmig –, diese Energie zu zeigen, die diese Typen manchmal am frühen Abend haben, und nicht bloß immer die rumdösenden Bewohner der berühmten South Bronx.

Andererseits, ist klar, jeder weiße Nichtlatino mit Kamera sieht wie ein Drogenfahnder aus. Also packte ich die Kamera weg. Tja, was hab ich dann gemacht? Ich ging wohl besser weiter Richtung U-Bahn – und zwar lieber ein bissen plötzlich. Ich wusste, ich mach mich lieber vom Acker.

Ungefähr zehn Sekunden nachdem ich gerade anfing, mich sicher zu fühlen, hörte ich dumpfes Getrappel. Ein menschlicher Umriss jagte vorbei und riss mir die Umhängetasche von der Schulter. Er rannte weg, bog scharf ab, lief quer über ein Grundstück rüber zur nächsten Straße. So flink und so rabiat er war, hatte er bloß den Arm durch den Gurt geschoben und ihn von meiner auf seine Schulter befördert – hatte mir kein Stück wehgetan, ein Profi –, und doch war ich völlig fertig. Ich stand bloß da. Mein Herz raste. Ich sah zu ihm rüber. Ich drehte mich um. Diese Typen weiter die Straße runter lachten alle. Auf der ganzen Länge des ausgebrannten Häuserblocks waren wir die einzigen Menschen.

Was tun? Ich machte mich wieder auf meinen langwierigen Weg Richtung U-Bahn, aber ich sage euch, so konnte ich das nicht auf mir sitzen lassen. Aus irgendeinem Grund wollte ich, dass sie wussten, wer ich war. Und ich wollte auch nicht Angst haben müssen, wenn ich durch dieses Viertel ging. Ich arbeite schließlich da, verdammt. Keine Ahnung, ob das die wahren Gründe sind. Wie auch immer … ich musste mit ihnen reden. Also kehrte ich um und ging zu ihnen. Sie lachten. Hört mal, sagte ich, ich weiß, war wahrscheinlich nicht so toll, so über eure Köpfe weg zu filmen, aber ich glaub, ihr seid gar nicht mit drauf.

Ich sagte zu ihnen, sie würden mich wahrscheinlich kennen – ich würde ein paar Blocks weiter arbeiten, und zumindest ein paar von ihnen wären da bestimmt schon vorbeigekommen. Der Film, den ich gemacht hatte, sei nicht so wichtig, sagte ich, aber das übrige Zeug hätten die Kids vom Youth Corps aufgenommen, und die wären sicher nicht gerade froh darüber.

Was für eine traurige Geschichte, alter Mann, sagte der Typ auf der obersten Stufe. Ich blickte nach oben. Auf der Feuerleiter über uns riss der Kerl, der sich die Umhängetasche geschnappt hatte, den Film einfach so aus der Kamera. Er hüpfte rum, tanzte, lachte.

Nicht so schlimm, sagte ich, als wär ich irgendein Trottel. Ist mir wirklich schnurz – aber den anderen Film, den hätt ich gern. Kann ich nicht machen, sagte der Typ. Ich gab nicht nach: Ist nicht meiner – gehört den Kids aus der 141. Straße. Dann stand ich einfach bloß da und sah sie an. Ich rührte mich nicht. Konnte nicht. Ich muss so dumm ausgesehen haben, vielleicht aber erkannten sie mich auch wieder. Auf jeden Fall hielten sie auf Spanisch schnell eine kleine Konferenz ab, und schon brüllte der Anführer, der Oberste-Stufe-Mann: Paco, bring sie runter! No, no, sagte Paco. Er war dabei, den belichteten Film durch die Sprossen der Feuerleiter zu flechten. Bring sie runter, sagte Oberste Stufe. Paco sah total frustriert aus, reichte die Tasche aber rüber. Er war genervt.

Ich bedankte mich bei ihnen. Ist okay, Mann, sagten sie. Dann hab ich was Merkwürdiges gemacht. Wieso, weiß ich gar nicht. Ach ja, stimmt, sagte ich, ich brauch den Film, aber hier, nehmt ihr die Kamera.

No, no, sagte der Anführer.

Nehmt sie, sagte ich.

No, no – bist du irre, Mann?

Hör mal, nehmt sie, probiert sie aus. Wir kommen rüber und zeigen euch, wie's geht. Ihr könnt einen Spielfilm drehen.

Will ich nicht – bist du taub? *No.* No.

Ihr müsst sie aber leider nehmen, sagte ich. Ich bin drüben auf dem Grundstück an der 143. Straße.

Ich drückte ihnen die Kamera in die Hand. Dann machte ich, dass ich wegkam. Und hier bin ich – das ist alles. Was haltet ihr davon?

Was um alles in der Welt …!, sagte Ruth.

Vergiss die Welt, sagte Joe. Tut mir leid, dass ich euch die Geschichte erzählt habe. Ich weiß selber nicht, wieso. Ich muss bekloppt sein.

Ich weiß, warum du die Geschichte erzählt hast, sagte Martin. Nur weil wem eine Kamera gehört, heißt das nicht, dass ihm die ganze Welt gehört, das hast du begriffen, und das wolltest du klarmachen.

Das denkst du, sagte Joe. Ich denke, ich hab euch davon erzählt, einfach weil es gerade passiert ist. Mach daraus bloß nicht so ein großes marxistisches Ding.

Schon gut, reg dich ab, sagte Martin. Er fing an, am Projektor rumzufummeln. Also, bitte Ruhe jetzt, sagte er. Jeder nimmt sich einen Stuhl. Ruthie, schalt das Licht aus. Erst guckt euch die Farben an, Leute. Nummer eins. Da ist er schon, der alte Mann, er hält dieses Enkelkind, und das hat einen rosa-orangeroten Pulli an – wo war das noch?

Herrje, sagte Joe, erinnerst du dich eigentlich an irgendwas? Das war in einem Innenhof in einem Dorf bei Nanking.

Lavinia. Eine alte Geschichte

Lavinia kam schon lachend auf die Welt. Drum hat sie so einen anziehenden Charakter, Robert, drum hast du dich in sie verguckt und nicht in Elsie Rose oder Rosemary. Sind hübsch, aber alle kommen sie aus mir raus und haben gleich was zu jammern. Und erst die Jungs, J. C. Charles und Edward William, die waren von der ersten Sekunde an irgendwie lauter als ihre Schwestern. Außer Rand und Band.

Macht die Natur, dass das so ist. Mein Reden: Was Männer auf Erden zu tun haben, braucht nicht mehr Zeit als Niesen. Wenn eine Frau bei einem Mann war, dann weiß sie, unten drin in ihr hat sie jetzt neun Monate was zu schleppen. Und die Verantwortung hat sie ewig auf der Seele liegen.

Ein Mann ist von früh bis spät rastlos, weil von Natur aus immer damit beschäftigt, was aufzutun. Da er seine Zeit bloß mit Unsinn zubringt, da muss natürlich drunter leiden, wie er mit einem redet. Ein Mann kann gar nicht reden. Hat die meiste Zeit bloß diesen klitzekleinen Moment im Kopf. Höchstens noch ab und zu was werkeln, Werkzeug, Autos, Knarren. Traumtänzer, was will man machen, Robert.

Hör jetzt gut zu, Jungchen, ein Sonnenschein seit

ihrer Geburt, das ist Lavinia. Nichts als ein Schrumpel-
söckchen als Neugeborenes, aber grinst übers ganze
Gesicht.

Gut, du sagst, du hast sie lieb. Hast drei Zimmer, nach
vorn raus, sonnig, da oben soll sie mit dir wohnen. Ich
werd dir mal eine Frage stellen. Dein Job, wie ist der?
Bist du froh über die Arbeit? Oder unzufrieden, be-
schwerst dich beim Chef, machst deiner Mutter Kummer mit deiner Unzufriedenheit. Stell dir noch eine:
Schon mal Stütze gekriegt? Lügst die Fürsorge an? Ich
kann Lügner nicht ausstehen und bin gegen jeden mit
miesem Charakter.

Also gut, ich und Mr. Grimble haben uns auch
zusammengerauft. Keinen Dollar hatte er, erst durch
mich. Wir kommen zurecht. Seit er nicht mehr ist, blieb
alles an mir hängen, die Jungs, die der Teufel geschickt
hat, und die Mädchen, die immer nur am Jammern sind.

Schulbildung, hab ich zu ihnen gesagt, habt ihr gekriegt. Jetzt ist hier Wirtschaftskrise. Sagt Mr. Roose-
velt. Der Gemüsemann, sitzt da zwischen tonnenweise
Zeug und ist nur Haut und Knochen. Also raus, hab ich
gesagt. Ihr wollt lernen, dann lernt eben nachts. Ihr
wollt was auf dem Tisch haben, dann geht eben tagsüber arbeiten.

Die Großen haben das gut mitgemacht, bloß die
Kleinen heulten, weil ihre Mama nicht immer um sie
rum war. Lavinia nicht. Weißt du, Robert, ich sag dir,
sie hat die Würmchen mit albernen Geschichten zum

Lachen gebracht. Und den Älteren einfach die Haare durchgewuschelt. Selbst bloß ein Kind, ja sicher. Aber ich ging damals bei Leuten arbeiten, und die meinten: Bringen Sie das Kind gern mit, kann doch schön mit Omi reden, solange Sie bügeln. *Das* Kind können Sie von uns aus immer gern mitbringen.

Weißt du, Robert, darum sagte ich, als der alte John Stuart unsere Rosemary geheiratet hat letzte Woche: Nimm Sie, John Stuart. Du und ich haben vor langer, langer Zeit Flaschendrehen gespielt, da ist es schon irgendwie kränkend, ein sehnsüchtiges, wirres junges Ding einer Witwe mit Verstand vorzuziehen, die auch ihre paar Gefühle hat. Aber stimmt schon, es *braucht* Schutz, dieses Kind. Passt nicht auf. Darum geb ich sie dir, mein alter Freund, und hoffe, du bist ihr ein besserer Mann als der armen Mrs. Lucy Stuart, die erst sieben Monate unter der Erde ist.

Im Grunde kann jeder, der Elsie nimmt, sie gerne haben. Ob erst sechzehn oder nicht, über was Großes hat sie sich noch nie einen Kopf gemacht und wird das so bald auch nicht.

Ganz ehrlich, Robert, wenn ich zurückdenke, scheint es gar nicht so weit weg, gar nicht weit von der Veranda hier entfernt, dass Grimble mich zum ersten Mal angeguckt hat. Ich war Einserschülerin damals, wollte es besser haben. Wohin man sah, machten alle für die Männer die Beine breit oder rutschten auf Knien rum, um ihnen hinterherzuputzen.

Ich sagte: Mama, ich seh dich immer bloß, wie du dich krummmachst, weil Pa was will, was er morgen wieder nicht will. Nein, ich will was Besseres als das. Lehrerin sein und meine Brötchen selber verdienen können und mir von keinem was sagen lassen müssen.

Das ging mir durch den Kopf, als Mr. Grimble vor mir stand. Er war ein kluger Mann, so wissbegierig, nur hatten ihm Launen das Herz verdüstert. Gott, wie der mich mochte.

Weißt du, ein kluger Mann war er, Robert, aber mit null Bildung. Stärke war für ihn alles, bis der Stolz ihn kaputtgemacht hat. Ein fettes Mastschwein konnte der heben, ungelogen. In der WPA war er ein gefragter Mann.

Ich sagte: Grimble, ich hab nun mal beschlossen, mich nicht so wie ein Tier gehenzulassen. Ist mir nun mal gleich, ob ich im Leben als alte Jungfer versauere oder in brühheißem Waschwasser verdampfe.

Grimble sagte: Gibt Wege und Mittel. Wenn du keine Kleinen haben oder bloß eins oder zwei fürs Herz willst, bin ich dabei. Ich will nicht, dass du so erbärmlich wie deine Mutter lebst. Will, dass du's gut hast.

Aber du kennst die Männer so gut wie ich. Werden die warm, müssen sie sich abkühlen. Geht nicht anders. Robert, erinner dich an deine eigene Ma, groß wird ja bloß die Hälfte der Kinder. Einige verloren in mir drin den Mut, noch eh sie zur Welt kamen, und andere erstickte mir mein Fleisch im Keim. Und dann krabbelte auch noch ein kleines Baby weg, ertrank im Frühling in diesem Loch drüben am Creek.

Schlag dir diesen Kummer aus dem Kopf, sagt Grimble zu mir. Kann man nicht mit leben. Wir haben doch Elsie Rose und Rosemary und die frohe Lavinia, und J. C. Charles und Edward William sehen doch auch so robust aus. Schon dich. Der Herrgott sagt: Seid duldsam.

Gut, ihm tat's leid, mit anzusehen, wie aus meinem Herzenswunsch, Lehrerin zu sein, nie was wurde. Aber Hilfe oder Freundschaft kamen von ihm auch nicht grade, weil ja die mageren Jahre anfingen und an den fetten zehrten.

Zeit ging ins Land, und deutlich seh ich ihn vor mir, war da aber selber verbittert.

Ich hätte fast mein Lesen vergessen, nur war der kleine J. C. Charles so langsam und brauchte Hilfe, und das machte mir Freude. Im Sommer, als es lang hell war, lernten ich und der Junge. Fehlte nicht viel, und ich hätte ihn am liebsten gemocht, bloß war er halt auch für meine Zuneigung zu langsam.

Dann kam eines schlimmen Tages ein Mann vom Steinbruch angerannt. Hören Sie jetzt mal gut zu, sagt er. Was Grimble gemacht hat. Ihr zwei da stemmt jetzt den Steinbrocken frei und hebt ihn an, brüllte der Vorarbeiter. Schafft ihn von hier weg. Schön, hören Sie gut zu, wir legten los. Schon riss Grimble das Maul auf: Ihr mickrigen Handlanger! Krieg ich diesen jämmerlichen

Brocken nicht alleine hoch, taug ich wohl besser zum Besenfegen. Nein, sagt da der Antreiber, nicht. Nicht, Grimble, der Sandstein, der hat's in sich. Aber er stur, geht hin, hebelt ihn hoch, kriegt die Schulter drunter, hebt ihn und stemmt ihn tatsächlich von der Stelle. Dann runter auf die Knie mit aller Kraft, die er hat, der verfluchte Dickschädel, und setzt ihn einfach so ab. Dann – jetzt kommt's – steht er auf und dreht sich um zu uns. Nur ist sein Gesicht ohne Ausdruck. Und dieser Samson setzt sich hin, kippt fast vornüber, aber sitzt bloß wie ein Idiot da. Mrs. Grimble, ihrem Mann ist das Blutgefäß geplatzt.

Ich sage dir nur, wie das Leben wirklich spielt, Robert, weil manche es mit Sicherheit hübscher hinstellen werden, als es in Wirklichkeit ist.

Was ich über Lavinia meine – hier, guck mich an. Gibt nichts, was mir gehört, außer hier die Schürze und dieser Sonntagshut, den Grimble mir vor zwanzig Jahren mal geschenkt hat. Und dann sieh dir Lavinia an, wie sie den Einfältigen hilft, im Chor singt, die Lahmen heilt. Sieh's dir an, Robert, dieses Mädchen, das Predigerin, Krankenschwester, irgendwas Großes sein und einen Namen haben könnte. Weiß nicht, was du siehst, Robert, aber ich kann da bloß staunen.

Genau das sagte ich vor ein paar Jahren einmal kurz nach Weihnachten zu Robert. Noch immer magere und miese Zeiten. Der alte Grimble nicht mehr da, der Not entflohen. Da sagte Robert zu mir: Wieso bloß hörst du nicht auf, mir so Angst zu machen? Ich kümmer mich um Lavinia, müsstest du echt wissen. Ich will ihr nichts Böses. Hat sie nicht ihre Highschool? Ich bin kein schlechter Mann. Ich lüg nicht. Ich mag ihr hoffnungsvolles Wesen. Ich mag, wie klug sie ist. Was denkst du dir also bloß, Ma?

Mehr kam nicht aus ihm raus. Nennt mich Ma und knallt die Tür zu.

Dann ging viel Zeit ins Land, und alle waren immer größer und bald weg, außer Edward William, ein Junge mit Hang zum Boshaften. Und dann eines Tages passiert das:

Eben komm ich rein bei Lavinia, da seh ich sie halb verbrüht, tief im Waschtrog. Robert Grimble Fenner jr., mein Enkel, sitzt breit auf einem Stuhl und plappert ohne Pause, was in der Schule los war. Keinen Augenblick kann unsere Lavinia sich von ihm loseisen, um mir das Gefühl zu geben, dass ich auch da bin. Neben mir ist Edward William bloß am Zappeln, weil er wegwill, irgendwohin, um sich endlich selber zu bewundern. Er ist fünfzehn und meine Geduld am Ende. Also ignoriere ich ihn, um mein Mädchen anzusehen. Vynetta, ihr kleines Baby, heult nach ihr, und Robert jr. geht hinter ihr her zu der Wiege und plappert dabei pausenlos.

Ich guck mir dieses Mädchen an. Ich starr mir einfach bloß die traurig-altersträben Augen nach ihr aus.

Was ich seh: Beschäftigt ist sie und in die Breite gegangen.

Dann stoß ich einen Fluch aus, nie in diesem ganzen langen Leben hat der Herrgott das von mir gehört. Laut schrei ich es raus aus meiner dazu geschaffenen Kehle: Sei verflucht, Lavinia – denn in einer Minute ist mein Herz zerbrochen –, sei verflucht, Lavinia, aus dir wird auch nichts werden.

Freundinnen

Um es uns leichter zu machen, um unsere Herzen zu beruhigen, als sie im Sterben lag, sagte unsere liebe Freundin Selena: Das Leben ist schließlich nicht immer bloß fürchterlich gewesen – ihr wisst, ich hatte immerhin viele wunderbare Jahre mit ihr.

Sie zeigte auf ein Kind, das sich an der Wand aus einem Porträt herausbeugte – langes braunes Haar, weißes Lätzchen, Kopf und Schultern nach vorn gereckt.

Feuereifer, sagte Susan. Ann schloss die Augen.

An derselben Wand hing ein Foto von drei kleinen Mädchen auf einem Schulhof. Sie waren hitzig am Diskutieren, dabei hielten sie sich an den Händen. Genau in der Mitte über der Kaffeetafel, eingerahmt, in herbstlichen Farben, saß eine hübsche junge Frau, die vielleicht achtzehn war, auf einem riesigen Pferd – unnahbar, unbeteiligt, eine Reiterin. Eines Nachts war diese junge Frau, Selenas Kind, in einem Wohnheim in einer weit entfernten Stadt gefunden worden, tot. Die Polizei rief an. Haben Sie eine Tochter, die Abby heißt, fragten sie.

Und mit ihm genauso, sagte unsere Freundin Selena. Wir haben viel Gutes erlebt, Max und ich. Das wisst ihr.

Von ihm gab es keine Fotos. Er war mit einer anderen Frau verheiratet und hatte ein neues, ein kräftiges Mädchen, das etwa sechs war und dem, wie seine Mutter glaubte, nie etwas zustoßen würde.

Unsere liebe Selena war aufgestanden. Schwerfällig, irgendwie aber doch komisch dabei, tänzelte sie vom Bett hinüber ins Badezimmer und sang: »Those were the days, my friend ...«

Später am Abend ließen Ann, Susan und ich die fünfstündige Zugfahrt zurück nach Haus über uns ergehen. Nach einer Stunde des Schweigens und einer weiteren mit Kaffee und den Sandwiches, die Selena uns mitgegeben hatte (tatsächlich stand sie da, den großen, weichen ausgehöhlten Körper gegen den Küchentisch gelehnt, um diese Sandwiches zu machen), sagte Ann: Tja, wir werden sie wohl nicht wiedersehen.

Sagt wer? Ach egal, hör zu, sagte Susan. Vergiss nicht. Abby ist nicht das einzige Kind, das gestorben ist. Was ist mit diesem großen Kerl, weißt du noch, Bill Dalrymple – war er Verweigerer oder Deserteur? Und Bob Simon. Beide starben bei Autounfällen. Matthew, Jeannie, Mike. Oder Al Lurie – er wurde auf der Sixth Street ermordet – und dieses junge Ding Brenda, die auf deinem Dach, Ann, an einer Überdosis gestorben ist? Ich glaub ja, man neigt zum Vergessen. Ihr Leute erinnert euch nicht an sie.

Was sagst du »ihr Leute«?, fragte Ann. Du redest schließlich mit uns.

Ich fing an, mich dafür zu entschuldigen, dass ich sie nicht alle gekannt hatte. Die meisten von ihnen waren älter als meine Kinder, sagte ich.

Andererseits stimmte es schon, damals als Kind war Abby immer genau da, wo auch ich war und an den Orten, wo ich aufpasste – im Park, in der Schule, in unserer Straße. Aber ach! Es ist ja wahr! Selenas Abby war nicht das einzige aus der ganzen geliebten Generation unserer Kinder, die überfahren wurden und die wir verloren im Krieg, ans Rauschgift, an den Wahnsinn.

Selenas Hauptproblem, sagte Ann – wisst ihr, sie hat nicht die Wahrheit gesagt.

Bitte?

In Anns Augen reicht allein die Kraft von ein paar hitzigen, menschlichen, wahrhaftigen Worten aus, um sämtliche chemikalischen Irrtümer Gottes und die schleimigen Lügen der Gesellschaft aus ihrem Leben zu blasen. Wir alle, meine Freundinnen und ich, glauben an diese Kraft, aber manchmal ... die Hitze.

Jedenfalls dachte ich immer, Selena hätte uns eine Menge erzählt. Zum Beispiel wussten wir, dass sie eine Waise war. Sie hatte sechs oder sieben Geschwister. Sie war die Jüngste. Sie musste zweiundvierzig Jahre alt werden, bis jemand sie davon in Kenntnis setzte, dass ihre Mutter *nicht* bei ihrer Geburt, sondern an irgendeiner schrecklichen Krankheit gestorben war. Und sie war dem Körper ihrer Mutter ganz nah gewesen – hatte ja an ihrer Brust gelegen –, bis sie acht Monate alt war. Puh!, sagte Selena. Was für eine Erleichterung! Ich dachte immer, ich wär diejenige, die sie auf dem Gewissen hat.

Eine miese Sauband ist deine Familie, sagten wir zu ihr. Die haben dich dem Kummer regelrecht ausgeliefert.

Ach, Leute, sagte sie. Stimmt doch nicht. Sie haben auch für mich viel Gutes getan. Für mich und Abby. Lasst nur. Das lohnt sich doch gar nicht.

Genau das meine ich, sagte Ann. Mit einer Axt hätte Selena sie verjagen sollen.

Was wir außerdem wussten: Selenas zwei Schwestern brachten sie in ein Heim. Sie schämten sich, mit sechzehn und neunzehn sich nicht um sie kümmern zu können. Sie hörten nicht auf, sie zu umarmen. Sie waren sich sicher, dass sie weinen würde. Sie brachten sie in ihr Zimmer – kein Zimmer, ein Schlafsaal mit vielleicht acht Betten. Das hier ist deins, Lena. Das hier ist dein Tisch für deine Sachen. Diese kleine Schublade ist für deine Zahnbürste. Alles für mich?, fragte sie. Keiner sonst darf das benutzen? Nur ich. Ist das alles? Artie kann nicht kommen? Frankie kann nicht kommen? Stimmt's?

Glaubt mir, sagte Selena, dort in dem Heim war ich glücklich.

Das liegt an den Umständen, sagte Ann, zufälligen Umständen. Ist nicht notwendigerweise *Wahrheit*.

Ich glaube nicht, dass es richtig ist, sich über den Charakter von Sterbenden zu beklagen oder anzufangen, ihre Beweggründe auf diese Art ans Licht zu zerren. Ist es nicht erstaunlich genug, wie tapfer diese private, aufgeschlossene, zielgerichtete Gesellschaft ist?

Mangelnde Tapferkeit würde auch nichts ändern, sagte Selena. Ihr werdet sehen.

Sie wollte zurück ins Bett. Susan stand auf, um ihr zu helfen.

Danke, sagte unsere Selena, als sie sich zum ersten Mal in ihrem ganzen Leben auf jemanden stützte. Das Problem ist, wenn ich stehe, dann tut es mir hier den ganzen Rücken runter weh. Die können da nichts machen. Die ganze Chemotherapie. Keine Chemie mehr in mir zum Therapieren. Ha! Ehe ich nach New York kam und euch traf, da hab ich in dem Krankenhaus gearbeitet, wusstet ihr das? Ich war im Pflegedienst. Leiterin auf der Gynäkologie. Wir waren befreundet, die Ärzte und ich. Damals waren die nicht so schnöselig. David Clark, ein großer Chirurg. Letzte Woche konnte er mich gar nicht ansehen. Er sagte bloß immer wieder Lena … Lena … So ungefähr. Wir waren im selben Jahr in Nordafrika – '44, glaub ich. Davy, sagte ich zu ihm, ich bin lange genug auf der Welt gewesen. Hab nicht allzu viel ausgelassen. Er weiß das. Ich wollte ihn aber nicht dazu bringen, mich anzusehen. Uh, es ist ein Kreuz mit meinen verfluchten Füßen.

Laut neuesten Forschungsergebnissen, sagte Susan,

liegt es tatsächlich am Kreuz, wenn uns die Füße weh-tun.

Immer was Neues, sagte Selena, unsere liebe Freun-din.

Unterwegs zurück zu ihrem Bett hielt sie an ihrem Schreibtisch inne. An die zwanzig Schnappschüsse lagen darauf verstreut – das Baby, das Kind, die junge Frau. Hier, sagte sie zu mir, nimm das mit. Da sieht man Abby und deinen Richard vor der Schule – war das die dritte Klasse? Was für ein Tag! Das Theater, das diese Kleinen gemacht haben! Was für ein wilder Haufen! Was macht Richard jetzt?

Oh, wer weiß das schon? Treibt sich irgendwo rum. Spanien. Spanien ist jetzt grad angesagt. Wer weiß schon, wo er ist? Sind alle gleich.

Warum sagte ich das? Ich wusste genau, wo er war. Er schreibt ja. Tatsächlich hatte er ein kaputtes Telefon aus-findig gemacht und konnte damit eine Woche lang jeden Tag anrufen – meistens, um seinem Bruder Anweisun-gen zu geben, aber auch, um zu sagen: Geht es dir gut, Ma? Wie ist dein neuer Freund so, hat er inzwischen mal gelächelt?

Sie sind alle gleich, die Kinder, sagte ich.

Es war nur aus Höflichkeit, glaube ich, dass ich das lichte, laute Gesicht meines Jungen in diesen dunklen Nachmittag nicht hineinleuchten lassen wollte. Als er noch ein gemeiner kleiner Teenager war, sagte Richard gern: Du würdest uns verraten und verkaufen, Hauptsache, Selena bleibt glücklich und unschuldig. Stimmt. Selena musste nur sagen: Ich weiß nicht, Abby hat da so ein paar merkwürdige Freunde, schon erwiderte ich dämlich, bloß um sie zu trösten: Du solltest Richards sehen.

Immerhin, er ist in Spanien, sagte Selena. Wenigstens weißt du das. Bestimmt ist es interessant da. Er wird eine Menge lernen. Richard ist ein wundervoller Junge, Faith. Er benimmt sich wie ein Klugscheißer, ist aber keiner. Weißt du noch, die Nacht, als Abby starb, als die Polizei mich anrief und es mir sagte? Es war die erste Nacht seit zwei Jahren, in der ich durchschlafen konnte. Endlich wusste ich, wo sie war.

Selena sagte das sehr sachlich – nur als kleines Informationsangebot.

Aber als Ann das hörte, machte sie Oh! – uns allen rief sie es zu: Oh! – und fing an zu schluchzen. Ihre Direktheit war zu einem Pfeil geworden und ihr selber mitten ins Herz gefahren.

Dann ein tiefes, die Tränen trocknendes Luftholen: Ich möchte auch ein Bild, sagte sie.

Ja. Ja, warte, ich hab hier irgendwo eins. Abby und Judy und dieser kleine spanische Racker, Victor. Wo hab ich das? Ah. Hier!

Drei Neunjährige saßen hoch oben auf der langarmigen Platane im Park und ließen die Beine hin und her baumeln über jemandes Kopf, der geduldig darunterstand – glattes dunkles Haar, in der Mitte gescheitelt. War das Kittys Kopf?

Unsere liebe Freundin lachte. Noch so ein großartiger Tag, sagte sie. Oder nicht? Ich weiß noch, wie ihr beiden nach Männern Ausschau gehalten habt. Ich hatte ja damals einen – dachte ich. Bloß ein Witz. Hier, nimm es. Ich habe zwei Abzüge. Aber du solltest es vergrößern lassen. Wenn du's dir anschaust, denk an mich. Haha! Gut, Mädchen – Verzeihung, Ladys, meine ich –, für mich wird es Zeit, mich auszuruhen.

Sie nahm Susans Arm und setzte den furchtbaren Weg zu ihrem Bett fort.

Wir rührten uns nicht. Wir hatten eine lange Fahrt vor uns und hatten auf ein bisschen mehr Trost gehofft, ehe wir Abschied nahmen.

Nein, sagte sie. Ihr verpasst sonst bloß den Schnellzug. Die Schmerzen sind gar nicht stark. Ich hab jede Menge Schmerzmittel. Seht ihr?

Die Tischplatte war voller kleiner Fläschchen.

Ich möchte mich einfach nur hinlegen und an Abby denken.

Es stimmte, der Regionalzug würde uns mindestens zwei Extrastunden kosten. Ich sah Ann an. Es war ihr schwergefallen, überhaupt zu kommen. Und trotzdem konnten wir uns nicht rühren. In einer Reihe standen wir vor Selena da. Drei alte Freundinnen. Selena presste die Lippen zusammen, den Blick in eine kalte Ferne gerichtet.

Ich kenne dieses Gesicht. Einmal, vor Jahren, als die Kinder noch Kinder waren, hatte sie es in aller Bescheidenheit vor J. Hoffner aufgesetzt, dem Rektor der Grundschule.

Nein!, hatte er gesagt. Ohne Schulung können Sie diesen Kindern keine Nachhilfe geben. Wir haben hier wirklich Probleme. Sie müssen schon wissen, *wie man unterrichtet.*

Unsere PTA hatte beschlossen, Einzelnachhilfe für spanische Kinder anzubieten, die zwischen kleine Mittelklassestreber in überfüllte Klassenzimmer mit erschöpften Lehrkräften gesteckt worden waren. Erst in einer schriftlichen Mitteilung, um zu zeigen, dass es ihm ernst war, und dann in einer persönlichen Gegenüberstellung, um zu *beweisen*, dass es ihm ernst war, hatte er seine Erlaubnis verweigert. Und auch die Schulbehörde selbst hatte nein gesagt. (Diese ganze Neinsagerei sollte zu schrecklichen Ereignissen an den Schulen und in den Vierteln unserer armen Ja-bedürftigen Stadt führen.) Die meisten Frauen in unserer PTA waren jedoch unabhängig – notgedrungen und aus Veranlagung. Im Grunde waren wir die sanftmütigen, hartnäckigen Keimzellen der Anarchie.

Freitags hatte ich in jenem Jahr frei. Dann ging ich etwa gegen elf am Büro des Rektors vorbei und rannte rauf in den vierten Stock. Ich nahm Robert Figueroa ans Ende des Gangs mit, und dort verbrachten wir dann vielleicht zwanzig Minuten mit Geschichtenerzählen. Dann schrieben wir die schönen Buchstaben des Alphabets, die sich kluge Fremde irgendwann mal ausgedacht hatten, um Zeit und Entfernung auszutricksen.

An jenem Tag blieb Selena mit ihrem störrischen Gesicht mindestens zwei Stunden lang in dem Büro. Schließlich kapitulierte Mr. Hoffner und sagte, da sie Krankenschwester sei, könne er ihr gestatten, die ganz Kleinen aushilfsweise zu den modernen, schwierig zu bedienenden Toiletten zu bringen. Einige von ihnen, sagte er, seien eben erst aus dem barbarischen Hügelland hinter Maricao gekommen. Okay, sagte Selena, sie würde das machen. Auf der Toilette brachte sie den kleinen Mädchen bei, wie man sich richtig abputzt, so wie sie es ihrem eigenen kleinen Mädchen ein paar Jahre vorher gezeigt hatte. Um drei Uhr nahm sie sie zu Keksen und Milch mit nach Haus. In jenem Jahr aßen sogar Kinder in ihrer Küche Kekse, die schon in die sechste Klasse gingen.

Also, was lernten wir in jenem Jahr an meinen freien Freitagnachmittagen? Folgendes: Auch wenn sich die Welt nicht ändern lässt, indem man mit jedem Kind einzeln spricht, so lernt man sie dadurch doch kennen.

Jedenfalls stand uns Selenas ungeheuer nützliches störrisches Gesicht noch sehr lang vor Augen. Nein, sagte sie. Hört mir zu, Leute. Bitte. Ich hab nicht mehr viel Zeit. Was ich will … Ich will mich hinlegen und an Abby denken. An nichts Besonderes. Bloß an sie denken, wisst ihr.

Im Zug schlief Susan auf der Stelle ein. Von Zeit zu Zeit wachte sie auf, weil uns das Tempo der neuen Räder und der Widerstand des alten Gleises ein paarmal einen furchtbaren Ruck versetzten. Einmal sperrte sie ihre Augen weit auf. Wisst ihr, sagte sie, Ann hat recht. Man wird nicht einfach so derart krank. Ich meine, sie hat ihn nicht mal erwähnt.

Warum sollte sie? Sie hat ihn ja auch nicht gesehen, sagte ich. Susan, du leidest immer noch an Männeritis, der gefürchteten Weiberkrankheit.

Ach ja? Und du wohl nicht? Jedenfalls *war* er durchaus hin und wieder da. Jeden Tag war er da, oder fast, als das Kind starb.

Abby. Es passte mir nicht, von »dem Kind« zu hören. Ich wollte »Abby« sagen, so wie ich »Selena« gesagt hatte – so können diese Namen dicht werden und stark und mit ihrem Gewicht zurück in die Welt fallen.

Weißt du, Abby war ein wundervolles Kind. Sie war mit Richard in einer Klasse bis zur Highschool. Ein herzensgutes kleines Mädchen von Anfang an, auffallend liebenswürdig – für ein Kind, meine ich. Und clever.

Das stimmt, sagte Ann, sehr liebenswürdig. Sie hätte Selenas letztes Hemd weggegeben. Oh ja, sie waren alle wundervolle kleine Mädchen und wundervolle kleine Jungs.

Chrissy ist wirklich wundervoll, sagte Susan.

Ja, ist sie wirklich, sagte ich.

Mittlere Kinder sind das normalerweise nicht, aber sie schon. Sie hat sich durchs College gerackert – ich hatte keinen Cent –, und jetzt hat sie dieses Stipendium. Und außerdem, wisst ihr, war ihr der ganze Jungsmist noch nie wichtig. Sie hat was.

Ann stand auf und schwankte durch den Gang davon zur Toilette. Erst aber sagte sie: Oh, sie alle – einfach wuhundervoll.

Ich mochte Selena immer gern, sagte Susan, aber sie hat einfach zu wenig mit mir geredet. Vielleicht hat sie ja mit euch Frauen mehr geredet, über alles. Männer.

Dann schlief Susan ein.

Ann setzte sich auf den Platz gegenüber. Sie verengte die Lider zu Schlitzen und drohte mit Pfeilen aus Blicken. Sicheres Zeichen für Vorwürfe.

Pass bloß auf – du ruinierst deine Lachfalten, sagte ich.

Geh zum Teufel, sagte sie. Du machst wohl Witze. Ist dir eigentlich klar, dass ich nicht weiß, wo Mickey ist? Du weißt, dass du Glück hattest. Hattest du immer schon. Seit du ein kleines Kind warst. Papas und Mamas Liebling.

Wie in Unterhaltungen üblich sprach ich einiges laut aus und hielt ein paar gut strukturierte Bemerkungen zwecks innerer Einkehr und Rechtfertigung zurück. Ich dachte: Sie ist keinem aus meiner Familie auch nur begegnet. Ich dachte: Was für einen Unsinn sie redet. Glück – ist das nicht irgendwie beleidigend?

Annie, sagte ich, ich bin erst achtundvierzig. Ich hab noch jede Menge Zeit, um total am Boden zu sein – falls ich weiterlebe, meine ich.

Ich wollte irgendwo auf Holz klopfen, nur saßen wir auf Polstern und lehnten uns auf Plastik. Holz!, rief ich. Bitte irgendwas aus Holz! Hat irgendwer hier ein Streichholz?

Halt doch die Klappe, sagte sie. Der Tod zählt sowieso nicht.

Ich versuchte, mir Kummer und Sorgen in den Sinn zu rufen, die so unumkehrbar waren wie der Tod. Nur ist da nun mal nichts in meinem Leben, was sich mit ihren Sorgen vergleichen ließe: einem Sohn, einem fünfzehnjährigen Jungen, der vor deinen Augen in ein Dunkel oder ein Licht hinter seinem eigenen verschwindet, aus dem ihn weder Umarmen noch Verhauen zurückbringt. Wenn du rufst Komm zurück, komm zurück, dann kommt er nicht. Mickey, Mickey, Mickey, brüllten wir einmal, als wäre er zwanzig Meilen weit weg und säße nicht auf einem Küchenstuhl genau vor uns. Aber er weigerte sich, er kam nicht zurück. Und als er doch kam, zwölf Stunden später, ging er sofort wieder und fuhr nach Kalifornien.

Na ja, in meinem Leben sind ein paar schlimme Sachen passiert, sagte ich.

Bitte? Du meinst, dass du als Frau geboren wurdest? Ja?

Natürlich, diesmal machte sie sich lustig über mich,

indem sie sich auf eine alte Diskussion über Feminismus und Judaismus bezog. Im Prisma der Ismen muss beides ja auch wirklich ab und zu gemeinsam betrachtet werden.

Na ja, sagte ich, meine Mutter starb vor ein paar Jahren, und ich spür es immer noch. Manchmal denke ich *Ma* und kriege keine Luft. Ich vermiss sie. Du verstehst das bestimmt. Deine Mutter ist sechsundsiebzig. Gib ruhig zu, dass es schön ist, sie noch zu haben.

Sie ist sehr krank, sagte Ann. Die Hälfte der Zeit kriegt sie gar nichts mit.

Ich beschloss, ihr nicht zu beschreiben, wie meine Mutter starb. Ich hätte das tun können und dadurch Ann noch unglücklicher gemacht. Aber ich dachte, ich spare mir das lieber für ihre nächste Attacke gegen mich auf. Diese Begrenztheiten ihres Denkens verengten sich immer mehr. Vermutlich braute sich da eine große Feindschaft zusammen.

Susans Augen gingen auf. Der Tod oder das Sterben eines nahen oder lieben Menschen macht die Leute oft gereizt, erklärte sie. (Sie hatte einen Kurs zum Thema »Beziehungen *und* zwischenmenschliche Beziehungen« besucht.) Der richtige Name meines Seminars lautet »Fertigkeiten: Persönliche Freundschaft und Gemeinschaft«. Es ist ein sehr guter Kurs, trotz deiner spitzen Bemerkungen.

Während wir uns unterhielten, zog immer wieder auch eine Stadt an uns vorbei und verschwand in entgegengesetzter Richtung. Durch das Halbdunkel der

Fenster hatte ich versucht, etwas von New London zu sehen. Schon hatte ich New Haven verpasst. Der Schaffner erläuterte, und er lächelte dabei: Lady, wären die Fenster sauber, dann wäre die Hälfte von Ihnen tot. Überall an den Gleisen lauern Scharfschützen.

Glaubt ihr das? Ich kann Leute, die so daherreden, nicht ausstehen.

Er übertreibt bestimmt, sagte Susan, wisch das Fenster aber trotzdem lieber nicht sauber.

Ein Mann beugte sich über den Gang. Ladys, sagte er, ich glaube es. Nach dem, was ich von diesem Teil des Landes höre, erscheint es nicht unplausibel.

Susan drehte sich zu ihm, um zu sehen, ob sich ein Gespräch über Politik mit ihm lohnte.

Schon hast du Selena vergessen, sagte Ann. Haben wir alle. Als Nächstes hält man diese nette Gedenkfeier für sie ab, bei der jeder aufsteht und ein paar Worte sagt, und schon vergessen wir sie wieder – für immer. Was wirst du bei der Beerdigung sagen, Faith?

Es gehört sich nicht, so zu reden. Sie ist noch nicht tot, Annie.

Doch, ist sie, sagte Ann.

Am nächsten Tag fanden wir heraus, dass Ann bis auf ein oder zwei Stunden recht gehabt hatte. Es war eine Kombination – sagte David Clark, Chirurg – aus Kranksein, bis man wirklich tot war, und einer Tischplatte voller kleiner Fläschchen.

Wieso nimmst du eigentlich diese ganzen Hormone?,

hatte Susan ein paar Jahre zuvor Selena gefragt. Sie waren zu Besuch in New Orleans. Es war Mardi Gras.

Oh, die meisten sind Vitamine, sagte Selena. Und außerdem will ich jung und schön sein. Im Scherz drehte sie eine Pirouette.

Das ist absolut lachhaft, sagte Susan.

Susan ist allerdings sieben oder acht Jahre jünger als Selena. Was wusste sie schon? Denn: Die Leute *wollen* nun mal jung und schön sein. Wenn sie sich auf der Straße treffen, Mann oder Frau, und älter geworden sind, dann sehen sie einander ins Gesicht und sind leicht beschämt. Eigentlich wollen sie dann sagen: Entschuldige, so mir nichts, dir nichts von Sterblichkeit und todernsten Dingen zu reden war nicht meine Absicht. Du, ich wollte dich gar nicht daran erinnern, dass wir schon bald vertrieben werden, erst aus der Lebendigkeit, dann aus dem Leben. Mein Lieber! Meine Liebe! Freundschaftsblicke antworten darauf meistens sehr höflich: Schon gut, alles bestens. Hab's kaum bemerkt.

Glücklicherweise habe ich vor Kurzem gelernt, wie man aus diesem tiefen Brunnen der Melancholie heil herauskommt. Jeder kann es. Man greift nach Wurzeln der kleinsten Zukunft, manchmal bloß Fetzen einer Unterhaltung. Obwohl ja einige meinen, man würde ganz schön was an Tiefe verpassen, wenn man nicht sinkt, sinkt, sinkt.

Susan, fragte ich, triffst du dich noch mit Ed Flores?

Ist wieder bei seiner Frau.

Sei froh, dass sie dich nicht umgebracht hat, sagte Ann. Nie im Leben würde ich was mit einem Spanier anfangen. Die haben alle im Barrio Ladys sitzen, mit denen nicht zu spaßen ist.

Nein, sagte Susan, sie ist anders. Ich habe sie bei einer Versammlung kennengelernt. Wir haben uns fantastisch unterhalten. Luisa ist eine sehr kluge Frau. Sie ist eine von denen, die Büroaushilfskräfte organisieren, davon hab ich dir doch erzählt. Sie braucht ihn nur noch für zwei Jahre, sagt sie. Denn auf die Kinder – es sind Mädchen – muss man in ihrer Gegend ein bisschen aufpassen. Die Gegend ist definitiv nicht gut. Er ist zwar ein guter Vater, aber als Ehemann nicht so großartig.

Dein Wort in Gottes Ohr.

Komm schon, du kennst mich, ich will keinen Ehemann. Ich mag es, wenn ein Mann in der Nähe ist. Ganz ohne finde ich es furchtbar. Jedenfalls, hör mir zu. Sie, Luisa, flüstert mir neulich ins Ohr, Suzie, flüstert sie, wenn du ihn in zwei Jahren immer noch willst, versprochen, dann kannst du ihn haben. Wirklich, vielleicht will ich ihn dann ja noch. Er ist jetzt grade mal so 45. Hat noch jede Menge Feuer. In zwei Jahren mache ich meinen Abschluss. Chrissy ist dann aus dem Haus.

Zwei Jahre! In zwei Jahren sind wir alle tot, sagte Ann.

Ich weiß, dass sie nicht uns alle meinte. Sie meinte Mickey. Dieser Junge, ihr Sohn, würde mit Sicherheit in einem der Drugstores oder Bordelle von Chicago, New

Orleans, San Fransisco getötet werden. Ich bin in einer großen wunderschönen Stadt, sagte er, als er letzten Monat anrief. Dagegen sieht New York wie eine Müllhalde aus.

Mickey! Wo?

Haha, sagte er und legte auf.

Bald würde man ihn einlochen wegen Rumtreiberei, Drogenhandel, kleineren Diebstählen oder einfach, weil er nachts unter dem Fenster eines angesehenen Bürgers Obszönitäten gebrüllt hatte. Dann würde Ann in die Stadt fliegen, um ihn auszulösen, oder würde nicht in die Stadt fliegen, je nachdem, wie sich finanzielle Realität und psychiatrischer Rat in Einklang bringen ließen.

Wie geht es Mickey denn?, hatte Selena gefragt. Streng genommen war es das Erste, was sie sagte, als wir, ernst und betroffen, in ihr sonniges Vorderzimmer kamen, das erfüllt war vom Licht und den Schatten der windbewegten Bäume im Innenhof. Wie fühlst du dich, Selena?, fragten wir, jede auf ihre Weise. Okay, sagte sie, schön der Reihe nach. Reden wir über wichtige Dinge. Wie geht's Richard? Wie geht's Tonto? Wie geht's John? Wie geht's Chrissy? Wie geht's Judy? Wie geht's Mickey?

Ich will nicht über Mickey reden, sagte Ann.

Komm schon, reden wir über ihn, rede über ihn, sagte Selena und nahm Anns Hand. Lasst uns alle überlegen, eh's zu spät ist. Wie hat es angefangen? Himmelherrgott, rede über ihn!

Susan und ich waren klug genug, den Mund zu halten.

Keiner hat eine Ahnung, keiner hat von irgendwas eine Ahnung. Wo? Wieso? Jeder hat eine Idee, Theorien und schreibt Artikel. Keiner hat eine Ahnung.

Ann sagte das sehr ernst. Sie jammerte nicht. Sie wollte sich nicht zu weit auf Selenas Sanftheit einlassen, aber indem sie Selena Mickeys Namen sagen hörte, konnte sie schon gelassener in ihrem Sessel sitzen. Ich sah zu. Es war interessant. Ann atmete tief ein und aus, so wie wir es in unserem Donnerstagabend-Yogakurs gelernt haben. Sie konnte ihren Körper ein bisschen ausruhen lassen.

Unser Zug fuhr durch die lange Wanne, die Park-Avenue-in-the-Bronx heißt. Susan hatte sich von uns abgewandt und unterhielt sich mit dem Mann auf der anderen Gangseite. Sie erklärte, dass der Krieg in Vietnam noch nicht vorbei war und, soweit es sie betraf, es auch nicht sein würde, bis wir die Deiche reparierten, die wir bombardiert hatten, und für wenigstens einige der heillosen Umweltzerstörungen aufkamen. Er sah das nicht so. Fünfzigtausend amerikanische Leben, unsere eigenen Jungs – wir haben bezahlt, sagte er. Er fragte uns, ob wir Susan zustimmten. Jedem Wort, sagten wir.

Sie sehen gar nicht aus wie Hippies. Er lachte. Dann veränderte sich sein Gesicht. Als die zuständige Gesichtsleserin beschloss ich, er dachte: Abenteuer. War wohl auf eine Hauptader später Gegenkultur in drei starrsinnigen linken Ladys gestoßen. Soweit der angenehme Teil seines Gesichts. Der andere hatte den durchtriebenen Ehemann-aus-der-Provinz-kommt-nach-New-York-Ausdruck.

Ich würde Sie gern wiedersehen, sagte er zu Susan.

Ah ja? Tja, kommen Sie doch übermorgen Abend zum Essen. Da werden nur zwei meiner Kinder zu Hause sein. Sie sollten wenigstens einmal anständig essen in New York.

Kinder? In seinem Gesicht arbeitete es. Danke. Gern, sagte er. Ich komme.

Sie ist unmöglich, murmelte Ann. Sie macht es schon wieder.

Ach komm, Susan ist in Ordnung, sagte ich. Sie geht darin halt auf. Ist doch gut, oder?

Ist eine ganz schön lange Fahrt, sagte Ann.

Schon tauchten wir in die Dunkelheit, die Grand Central vorausgeht.

Wir sind gereizt, erklärte Susan ihrem neuen Kameraden. Wir sind sauer auf unsere Freundin Selena, weil sie stirbt. Sie soll nämlich dabei sein, wenn wir selber sterben. Wir brauchen alle eine Mutter oder Ersatzmutter, die uns bei diesem letzten Anlass die Kissen zurechtrückt, und hatten deshalb fest mit ihr gerechnet.

Ich weiß genau, was Sie meinen, sagte er. Sie möchten jemanden um sich haben. Ein bisschen Tamtam, vielleicht.

Irgend so was. Richtig, Faith?

Ich brauche immer etwas Zeit, bis ich mich in den Stil ihrer öffentlichen Lautsprecherdurchsagen finde. Ich stimmte zu. Ja.

Der Zug kam abrupt zum Stehen, in einer knirschenden Agonie widerstreitender Mechanismen.

Richtig. Falsch. Wen kümmert das?, sagte Ann. Sie musste nicht sterben. Sie hat wirklich alles kaputtgemacht.

Oh Annie, sagte ich.

Haltet den Rand, geht das? Alle beide, sagte Ann und brach uns fast die Knie, als sie sich an uns vorbei und aus dem Zug zwängte.

Daraufhin begann Susan wie eine New Yorker Gastgeberin dem Mann unsere ganzen privaten Sorgen zu erzählen – den Fehler mit dem World Trade Center, Westway, den Niedergang der South Bronx, der Aufruhr in Williamsburg. Sie fuhr mit ihm die Rolltreppe hinauf und schnatterte sich in eine Abendfreundschaft und, hoffentlich, eine glückliche Nacht.

Zu Hause sagte Anthony, mein jüngster Sohn: Hallo, grad hast du Richard verpasst. Er ist in Paris jetzt. Musste per R-Gespräch anrufen.

R-Gespräch? Aus Paris?

Er sah mein trauriges Gesicht und setzte einen der Kräutertees auf, die seine Clique trank, um ihre überreizten Gemüter zu beruhigen. Jawohl, er will mich gesünder machen, als ich es ohnehin bin, und meine Laune bessern. Seine Freunde haben ein Buch, darin steht, dass du ewig lebst, wenn du dich nur anständig ernährst. Er will, dass ich das versuche. Er glaubt außerdem, dass er es miterleben wird, wie die Menschheit, mitsamt ihrer Klugheit und ihrem guten Aussehen, vom Erdball verschwindet.

Gegen halb zwölf ging er los, um sich den Freuden des Nachtlebens eines Achtzehnjährigen hinzugeben.

Als er um drei Uhr morgens heimkam, wischte ich gerade die Fußböden und besserte ein paar Sachen in der Wohnung aus.

Noch Tee, Mom?, fragte er. Er setzte sich, um mir Gesellschaft zu leisten. Okay, Faith. Ich weiß, du fühlst dich furchtbar. Aber wie kommt es, dass Selena bei Abby nie durchgeblickt hat?

Anthony, verdammt noch mal, wie blick ich denn wohl bei dir durch?

Komm schon. Ihr müsst blind gewesen sein. Ich war noch ein kleiner Junge, und selbst ich wusste Bescheid. Ich schwöre bei Gott, Ma.

Hör zu, Tonto. Im Grunde war Abby in Ordnung. Wirklich. Du weißt noch nicht, was die Zeit, in der man lebt, mit einem machen kann.

Jetzt kommt sie wieder mit ihren heilen Scheinheiligkeiten – alles ist so super-duper wunderbar fantastisch klasse. Als Nächstes sagst du, man muss die Leute lieben, und die Welt ist *so* schön und rund, dass Union Carbide sie nie in die Luft jagen wird.

Etwas so Hoffnungsvolles habe ich nie gesagt. Wieso musste Tonto auch ausgerechnet an diesem traurigen Tag um drei Uhr morgens mit der Welt ankommen und damit, wie es um sie stand?

Am Abend darauf rief Max aus North Carolina an. Wie geht's Selena? Ich komme raufgeflogen, sagte er. Frühmorgens habe ich einen Termin. Alles Spätere sag ich ab.

Morgens um sieben rief Annie an. Ich hatte mir noch nicht mal richtig die Zähne geputzt. Es war hart, sagte sie. Die ganze verdammte Sache. Ich meine nicht Selena. Wir alle. In dem Zug. Keiner von uns kam mir wirklich vor.

Wirklich? Wirklichkeit, hm? Hör mal, wie wär's, wenn du zum Frühstücken rüberkommst? – Vor neun muss ich nicht aus dem Haus. Wir beide und mein klasse Sauerteigroggenbrot?

Nein, sagte sie. Himmelherrgott, nein. Nein!

Ich erinnere mich an Anns Augen und an den Hut, den sie an dem Tag aufhatte, als wir uns zum ersten Mal anguckten. Unsere Babys waren gerade heulend auf ihren neuen Laufbeinchen aus dem Sandkisten gestiegen. Wir hoben sie hoch. Über ihre sandigen Köpfe hinweg lächelten wir. Ich glaube, damals wurde ein Bündnis besiegelt, und das war mindestens so tragfähig wie das Gelöbnis, das wir zusammen mit Ehemännern abgelegt hatten, mit denen wir längst nicht mehr verheiratet sind.

Die Rückschau, auf die man gewöhnlich von oben her-
abblickt, ist vermutlich so wertvoll wie die Voraussicht,
hat sie doch immerhin ein paar Tatsachen zu bieten.

Anthonys Erde – armes, dummes, schutzloses Ding –
dreht sich inzwischen weiter, immer weiter. Leben und
Sterben sind fest an ihre Oberfläche gebunden und in
ihre weicheren Teile vergraben.

Er hatte recht, mich auf ihre Leiden und Gefahren
aufmerksam zu machen. Er hatte recht, an mein verant-
wortungsbewusstes Wesen zu appellieren. Ich aber hatte
recht, für meine Freundinnen und unsere Kinder einen
Bericht von diesen Todesfällen im engsten Kreis und
der Beschaffenheit unserer lebenslangen Bindungen zu
erfinden.

Zu jener Zeit
oder: Die Geschichte eines Scherzes

Zu jener Zeit waren die meisten Leute gewillt, Organe zu spenden. Mit Missbrauch war zu rechnen. Tatsächlich gab es eine junge Frau, der von einem hysterischen Gynäkologen ganz beiläufig die Gebärmutter weggeschnitten wurde. Das Leid eines kinderlosen Paares in Fresh Meadows sei ihm durch den Kopf gegangen, sagte er. »Es geht nicht um den Schmerz oder die Beschämung«, sagte die junge Frau, »doch ich bin überzeugt, dass mir jedes Gericht umstandslos die frühestmögliche Gebärmuttertransplantation gewähren würde, die Dr. Heiliger vornehmen kann.«

Wir sind kein herzloses Volk, und so geschah dies auf der untersten justiziellen Ebene, das Oberste oder das Bundesgericht anzurufen war nicht nötig.

Laut der *Times* stieß einer der Eierstöcke der jungen Frau die neue Gebärmutter ab. Der andere dagegen war vollkommen zufrieden und tat es nicht.

»Es geht mir gut«, sagte sie, bekam aber fast augenblicklich einen dicken Bauch, denn im weichen roten warmen Innern ihres Schoßes lag bereits ein zusammengeknäuelter niedlicher kleiner Fötus. Zu gegebener Zeit entrollte er sich, und siehe da! er war so schwarz wie die Nacht, die unser tagmüdes Auge erquickt.

Die Folge: »Singt!«, sagte Heiliger, der Wissenschaftler, »denn gewahrt, wie auf dem Rücken technologischer Errungenschaft der Mythos vom Menschen vorwärtsschreitet, und siehe, ohne zu empfangen hat eine Jungfrau einen Sohn geborn.« Diese erstaunliche und heilige Kunde wurde ins Angesicht von Feld, Wald und Industriepark getragen, überall dorthin, wo die Medien mit ihrem drahtlosen Finger hinzeigten. Die Leute feierten und waren relativ fröhlich, und auf Riesenbildschirmen in Kinos und kleinen Bildschirmen daheim wurde die Geburt nachgespielt.

Einzig bestimmte Juden, die die Folgen anderer Jungfrauengeburten miterlebt und durchlitten hatten, schrien (heulend) (wie üblich) in der Gosse mehrerer Städte auf: »Er ist es nicht! Er ist es nicht!«

Keiner wusste, wie mit ihnen umgehen; sie waren starrköpfig und beharrten auf ihrer humorlosen Entschlossenheit. Man konfiszierte ihre Kurzwellenempfänger und Antennen, ihre Stereo-TV-Geräte und ihre Tempelvideos. (Eingesperrt wurde man für solche Uneinsichtigkeit gegenüber der Gesellschaft zu jener Zeit nicht. Deshalb wurde man auch nicht rehabilitiert.)

Bald blieb diesem törichten Haufen nichts mehr. Sie mussten einander besuchen oder gar von Stadt zu Stadt ziehen, bloß um zu einem Freund oder Verwandten das Allergewöhnlichste zu sagen. Sie hatten nur noch ihre

Schals und Gebetsriemen, die auch von Frauen benutzt wurden, hatten doch Frauen (inzwischen) einen großen Sprung nach vorn gemacht und waren Pastorinnen, Seherinnen, Rabbinerinnen, Yogis, Priesterinnen usw. in den bekannten sowie in den esoterischen Religionen.

Im Mittelpunkt ihres Tuschelns stand das Geflüster von der versteckten oder ausgeklammerten Tatsache (die ein paar von ihnen bereits mitgekriegt hatten): Das Menschenkind war EIN MÄDCHEN, und da des Mundes Wort der Klang von Gottes Echo ist (im Anfang war das Wort, und es war ohne Gestalt, aber weit), ging es von Ohr zu Mund und Mund zu Ohr und ward schon bald der Menschen Wissen und überflügelte die Computergeräte, zu denen die meisten Leute mit Sinn und Verstand ohnehin seit Jahrzehnten kein persönliches Wort gesagt hatten.

Die Folge: »Okay!«, sagte Dr. Heiliger. »Vollkommen richtig, und trotzdem wollte ich keine Wellen machen auf irgendwelchen Wassern, die zähflüssig sind wie die Meere der Mythologie. Ja, es ist ein Mädchen. Eine Jungfrau, geboren von einer Jungfrau.«

Auf der ganzen Welt lächelte man. Zu jener Zeit spielten Sexismus und Rassismus in der Öffentlichkeit keine Rolle mehr, auch wenn es Volljährigen freistand, sie mitunter daheim weiter zu praktizieren. Eine Geburt stimmte so froh wie die andere. Und man schmiedete Pläne, um die Generationen von Töchtern symbolisch miteinander zu verknüpfen, indem man den Bauchnabel des heiligen Kindes nutzte. Fleisch *und* Symbol glücklich vereint. Deshalb hingen neben dem Kreuz, an das die Leute gewöhnt waren, der Kreis des Nabels und die Schlangenlinie der Nabelschnur.

Jene besonders unzufriedenen Juden jedoch sagten wieder: »Wundervoll! Ach ja? Wieder eine neue Wendung! Es ist also ein Mädchen! Gepriesen sei die Allerhöchste! Tatsächlich aber brauchen wir eine weitere Jungfrauengeburt so nötig, wie unsere seligen Toten von alten Ganzheitsmedizinern geschröpft werden wollen.«

Und so lebten sie weiter als weibliche und männliche Abkömmlinge und Nichtabkömmlinge, die schuften müssen im schlammigen Keller der Geschichte, in den, gerade heute, die Armen zurückkommen, wenn sie ein so günstiges wie umwerfendes Kleidungsstück für eine Hochzeit, Geburt oder Bestattung benötigen.

Besorgnis

Die jungen Väter warten vor der Schule. Was für Lockenköpfe! So aparte braune Schnurrbärte. Sie sitzen auf ihren Hintern, essen Pizza und halten sich auf dem Laufenden. Sie warten aufs 15-Uhr-Läuten. Es ist Frühling, die Zeit der ersten Blicke aus dem Fenster. Ich habe Blumenkübel mit Treibhaus-Tagetes. Durch die farnartigen Blätter hindurch kann man die jungen Väter sehen.

Die Glocke läutet. Die Kinder stürzen aus der Schule, stürmen durch die offene Tür. Einer der Väter sieht sein Kind. Ein kleines Mädchen. Ist sie Chinesin? Ein bisschen. Eins, zwei, ho-och, sagt er und hebt sie sich auf die Schultern. Und ho-och, sagt der zweite Vater und hebt seinen kleinen Jungen hoch. Ein paar Sekunden lang sitzt ihm der Kleine oben auf dem Scheitel, ehe er runterrutscht auf die Schultern. Sehr witzig, sagt der Vater.

Sie gehen die Straße runter, genau unter meinem Fenster vorbei. Die beiden Kinder lachen noch immer. Sie wollen einander ein Geheimnis zuflüstern. Die Väter haben ihre Unterhaltung noch nicht beendet. Der schmächtigere ist genervt, seine Kleine wackelt ihm zu viel hin und her.

Hör sofort damit auf, sagt er.

Oink oink, macht das kleine Mädchen.

Was hast du gesagt?

Oink oink, sagt sie.

Was?, fragt der junge Vater dreimal. Dann packt er die Kleine, hebt sie hoch über seinen Kopf und setzt sie unsanft auf ihre Füße.

Was war daran so schlimm, fragt sie und reibt sich den Knöchel.

Halt einfach meine Hand, herrscht der schmächtige und erboste Vater sie an.

Ich lehne mich weit aus dem Fenster. Halt! Halt!, rufe ich.

Der junge Vater dreht sich um, er schirmt die Augen gegen das Licht ab, kann aber sehen. Was?, sagt er. He? Wer ist das?, fragt sein Freund. Vermutlich denkt er, ich sei eine Freundin der Familie, oder vielleicht eine Lehrerin.

Wer sind Sie?, fragt er.

Ich rücke den Tagetestopf zur Seite. Dann kann ich mich auf dem Ellbogen hinauslehnen, weit hinaus aus dem Schatten. Früher, vor nicht allzu langer Zeit, waren die Mietshäuser bis in den fünften Stock hinauf gesprenkelt mit Frauen wie mir, die aus jedem dritten Fenster die Kinder vom Spielen wegriefen, um ihnen Kommandos und Weisungen zu erteilen. Diese Erinnerung lässt mich streng sagen: Junger Mann, ich bin ein älterer Mensch, deshalb erlaube ich mir, Fragen zu stellen und Ratschläge zu geben.

Ach ja?, sagt er, lacht ein bisschen verlegen und sagt zu seinem Freund: Wenn du willst, jag der Alten eine Kugel in den Kopf. Er scherzt bloß. Ich sehe es daran, wie er sich postiert hat, Beine auseinander, Hände hinterm Rücken, Hals gereckt, um mich zu sehen und ausreden zu lassen.

Wie alt sind Sie?, rufe ich. Um die dreißig, ja?

Dreiunddreißig.

Zuerst mal will ich Ihnen sagen, dass Sie in Ihrer Haltung und Ihrem Benehmen gegenüber Ihrem Kind Ihrem Vater um eine Generation voraus sind.

Wirklich? Und? Sonst noch was, Madam?

Mein Sohn, sagte ich und beugte mich noch zwei, drei gefährliche Fingerbreit in seine Richtung. Lassen Sie sich gesagt sein, mein Sohn, dass Wahnsinnige alles daransetzen, diesen herrlich geschaffenen Planeten zu zerstören. Dass der von diesen Menschen geplante Mord an unseren Kindern Ihnen Schrecken und Kummer bereiten wird und es besser wäre, wenn Sie sich dessen bei jeder noch so alltäglichen Freude bewusst sind.

Laber, laber, rief er.

Ich wartete einen Augenblick ab, doch er blickte unverwandt herauf. Also ich weiß nicht, sagte ich, aber Ihre ganze Erscheinung und Ihr locker-flockiger Gang sagen mir, dass Sie es genauso sehen.

Tu ich, sagte er und zwinkerte seinem Freund zu; aber er wandte sich mit ernstem Gesicht wieder mir zu und sagte noch mal: Ja, ja, tu ich.

Also was hat Sie so wütend gemacht auf dieses kleine Mädchen, dessen Zukunft wie ein Film ist, der plötzlich weiß wird und abbricht? Wieso haben Sie in Ihrem unbeherrschbaren Zorn dieses kleine verlorene Wesen fast zu Boden geworfen?

Jetzt machen Sie mal halblang, sagte der junge Vater. Sie ist ja wohl auf meinem Rücken rumgeturnt und hat dabei oink, oink gebrüllt.

Wann waren Sie am zornigsten – als sie so rum-wackelte und rumturnte oder als sie oink machte?

Er kratzte sich an seinem herrlichen Kopf mit den dunklen, gut geschnittenen Haaren. Wahrscheinlich als sie oink machte.

Haben Sie schon mal oink, oink gemacht? Denken Sie genau nach. Jahre her, kann das sein?

Nö. Na ja, vielleicht. Kann sein.

Und zu wem haben Sie das gesagt?

Er lachte. Hey Ken, rief er seinem Freund zu, diese Alte, die hat was. Zu den Bullen. Auf einer Demo. Oink, oink, machte er und erinnerte sich wieder, er lachte.

Das kleine Mädchen lächelte und machte oink, oink.

Halt den Mund, sagte er.

Und was folgern Sie daraus?

Dass ich auf Rosie wütend war, weil sie mich wie so eine Autoritätsperson behandelt hat, obwohl das überhaupt nicht mein Ding ist, nie war, nie sein wird.

Ich sah ihm sein Glück an, sah sein schönes Grinsen, als ihm das wieder einfiel.

Da also diese Kinder so umwerfende Beispiele für die ja wohl letzte Generation der Menschheit sind, fuhr ich fort, wieso fangen Sie nicht noch mal von ganz vorne an, gleich am Schuleingang, so als wäre nichts von alldem passiert.

Danke, sagte der junge Vater. Danke Ihnen. Ein Pferd zu sein wäre schön, sagte er und griff nach Rosies kleiner Hand. Komm jetzt, Rosie, lass uns los. Ich hab nicht den ganzen Tag Zeit.

Und ho-och, sagt der erste Vater. Und ho-och, sagt der zweite.

Hü-a, rufen die Kinder, und die Väter wiehern hie-hi, hie-hi, wie Pferde. Die Kinder treten die Väter in deren Pferdebrust, hü-a, hü-a, schreien sie, und wild galoppieren sie davon Richtung Westen.

Ich lehne mich weit hinaus, um noch mal zu rufen. Seid vorsichtig! Halt! Aber sie sind schon zu weit entfernt. Oh, bestimmt wäre jeder gern ein starkes schnelles Pferd mit einem geliebten großartigen Reiter auf dem Rücken, doch galoppieren sie auf eine der gefährlichsten Straßenkreuzungen der Welt zu. Und vielleicht wohnen sie drüben im Viertel und jenseits anderer gefährlicher Straßen.

Also streichle ich die aprilgekühlten Tagetes mit ihrem rostigen Geruch nach Sommer, bevor ich das Fenster schließen muss. Dann sitze ich im milden Licht und frage mich, wie ich mich vergewissern kann, dass sie durch die luftig-schuftigen Träume der Forscher und die wuchtigen der Autobauer sicher heimgaloppieren. Ich wünschte, ich könnte sehen, wie sie sich eben zu einem gesunden Snack (Kekse und Orangensaft oder Milch) an den Küchentisch setzen, ehe sie zum Spielen rausgehen in den neuen Frühlingsnachmittag.

In diesem Land, aber in einer anderen Sprache, weigert sich meine Tante, die Männer zu heiraten, die ihr jeder ans Herz legt

Meine Großmutter saß in ihrem Sessel. Wenn ich mich nachts hinlege, komm ich nicht zur Ruhe, sagte sie, da knirschen und knacken meine Knochen. Aber wenn ich morgens wach werde, sag ich zu mir selber: Was? Ich hab geschlafen? Mein Gott, ich bin immer noch da. Ich werd ewig auf der Welt sein.

Meine Tante machte das Bett. Schau dir deine Großmutter an, schwitzt nicht. Nichts muss in die Wäsche – weder ihre Socken noch ihre Unterwäsche, noch die Laken. Nichts, keine Spur weist darauf hin, was für ein Leben sie hatte. Leben war das nicht. Es war Folter.

Hat sie uns nicht lieb?, fragte ich.

Euch lieb?, sagte meine Tante. Was sonst sollte sie liebhaben. Euch Kinder. Deinen Cousin in Connecticut.

Siehst du. Macht sie das nicht froh?

Ach, machte meine Tante, was hat sie nicht alles gesehen!

Was?, fragte ich. Was hat sie denn gesehen?

Sag ich dir irgendwann mal. Eine Sache sage ich dir

auf der Stelle. Trag nicht die größte Fahne. Wenn du größer bist, wirst du bei einer Demonstration mitmachen oder einem Streik oder so was. Du musst das nicht, soll sie ein anderer tragen.

Weil Russya die Fahne getragen hat, darum?, fragte ich.

Weil er ein wunderbarer Junge war, grad mal siebzehn. Ganz allein musste ihn deine Großmutter von der Straße auflesen. Er war tot. Mit dem Leiterwagen brachte sie ihn nach Haus.

Was noch?, fragte ich.

Mein Vater kam herein. Wenigstens *sie* hat überlebt, sagte er.

Und hast du nicht auch überlebt?, fragte ich meine Tante.

Da nahm meine Großmutter ihre Hand. Sonia. Ein Grund dafür, wieso ich nachts kein Auge zumache, ist, dass ich über dich nachdenke. Du weißt das. Was soll mal werden? Du hast kein Leben.

Großmutter, fragte ich, und was ist mit uns?

Meine Tante seufzte. Püppchen. Lass uns einen netten Spaziergang machen, Liebling.

Beim Abendbrot sagte keiner ein Wort. Darum fragte ich sie noch mal: Sonia, entweder ja oder nein: Hast du ein Leben?

Ha!, machte sie. Wenn du's wirklich wissen willst, lies Dostojewski. Da lachten alle und lachten und lachten.

Meine Mutter brachte Tee und Kompott.

Was lacht ihr so?, fragte meine Großmutter und sah uns alle dabei an.

Aber meine Tante sagte bloß: Lacht nur!

Mutter

Eines Tages hörte ich Mittelwelle. Im Radio wurde ein Lied gespielt: »Oh, I long to see my mother in the doorway.« Gott im Himmel!, sagte ich, ich verstehe das Lied. Ich habe mir oft gewünscht, meine Mutter würde in der Tür stehen. Sie stand ja häufig in den unterschiedlichsten Türen und sah mich an. Genau so stand sie eines Tages in der Wohnungstür, hinter sich die Dunkelheit des Flurs. Es war an Neujahr. Wenn du mit siebzehn um vier Uhr morgens nach Haus kommst, sagte sie traurig, um wieviel Uhr wirst du dann erst nach Haus kommen, wenn du zwanzig bist? Sie stellte diese Frage, ohne zu scherzen oder gemein sein zu wollen. Sie hatte sorgenvoll damit begonnen, sich auf ihr Ableben vorzubereiten. Wenn ich zwanzig war, würde sie nicht mehr da sein, nahm sie an. Daher die Frage.

Einmal stand sie in der Tür zu meinem Zimmer. Gerade hatte ich ein politisches Manifest herausgegeben, das die Haltung der Familie gegenüber der Sowjetunion attackierte. Himmelherrgott, geh ins Bett, du verdammte Närrin, sagte sie, du und deine kommunistischen Flausen. Haben wir alles schon erlebt, Papa und ich, 1905. Wir haben alles kommen sehen.

In der Küchentür stehend sagte sie: Nie isst du dein Mittagessen auf. Rennst sinnlos durch die Gegend. Was soll aus dir werden?

Dann starb sie.

Natürlich wünschte ich mir den Rest meines Lebens, sie zu sehen, nicht nur wie sie in einer Tür steht, sondern an vielen verschiedenen Orten – im Esszimmer mit meinen Tanten, am Fenster, wie sie nach rechts und links die Straße hinunterblickt, im Garten draußen im Grünen zwischen Zinnien und Tagetes, im Wohnzimmer mit meinem Vater.

Sie saßen in bequemen Ledersesseln und hörten Mozart. Verwundert blickten sie einander an. Es kam ihnen so vor, als seien sie eben erst mit dem Schiff aus Europa angekommen. Als hätten sie gerade die ersten Worte Englisch gelernt. Es kam ihnen so vor, als habe er bei dem amerikanischen Anatomieprofessor soeben eine hundertprozentig korrekte Examensarbeit eingereicht. Es war so, als stünde sie seit grad eben nicht mehr im Laden, sondern in der Küche.

Ich wünschte, ich könnte sie sehen, wie sie in der Wohnzimmertür steht.

Ein Weilchen stand sie da. Dann setzte sie sich neben ihn. Sie hatten einen teuren Schallplattenspieler. Sie hörten Bach. Rede ein bisschen mit mir, sagte sie. Wir reden nicht mehr so viel miteinander.

Ich bin müde, sagte er. Siehst du das nicht? Ich habe heute vielleicht dreißig Leute getroffen. Alle krank, alle plapper, plapper, plapper, plapper. Hör der Musik zu, sagte er. Ich glaube, du hattest mal das absolute Gehör. Ich bin müde, sagte er.

Dann starb sie.

Ruthy und Edie

In der Bronx saßen eines Tages zwei kleine Mädchen namens Edie und Ruthy auf den Treppenstufen vorm Haus. Sie redeten über die wirkliche Welt der Jungs. Aus diesem Grund hatten sie ihre Röcke fest über die Knie gezogen. Über die Straße wohnten Jungs, die in einer Bande waren und mindestens eine Stunde jeden Samstagnachmittag damit zubrachten, Mädchen die Kleider hochzuziehen. Sie wollten sehen, welche Farbe die Unterhose eines Mädchens hatte, damit sie vorm Süßigkeitenladen rufen konnten: Edie hat rosa Höschen an.

Ruthy sagte, Egal, sie spielte trotzdem gern mit den Jungs. Sie machten andere Sachen. Edie sagte, Sie hasste es, mit ihnen zu spielen. Sie boxten und hoben ihr den Rock hoch. Ruthy fand das auch. Es war wirklich nicht recht von ihnen, das zu machen. Aber, sagte sie, sie rannten viel durch die Gegend, machten Wettrennen und spielten an der Kreuzung Krieg. Edie sagte, *so* toll sei das auch nicht.

Ruthy sagte, Und außerdem, Edie, wenn du ein Junge wärst, könntest du Soldat werden.

Und? Was ist daran so toll?

Na ja, man könnte für sein Land kämpfen.

Will ich nicht, sagte Edie.

Was? Edie! Ruthy war eine große Leserin und fand am interessantesten, etwas über Tapferkeit zu lesen – zum Beispiel über Rolands Horn bei Roncesvalles. Ihr Vater war tapfer gewesen, und beim Abendbrot gab es oft jede Menge Diskussionen darüber. Stimmt, sagte er manchmal bescheiden, Ja, damals war ich wohl tapfer. Und deine Mutter war's auch, fügte er hinzu. Dann stellte Ruthys Mutter sein gekochtes Ei vor ihn hin, damit er es sehen konnte. Beim Lesen über Roland erkannte Ruthy, wie viel Tapferkeit nötig war, damit ein Land weiterbestehen konnte. Sie weinte fast vor Mitleid, wenn sie an Edie dachte und die Vereinigten Staaten von Amerika.

Du willst nicht?, fragte sie.

Nein.

Wieso, Edie, wieso?

Keine Lust drauf.

Wieso, Edie? Warum nicht?

Du fängst immer gleich an zu brüllen, wenn ich nicht das mache, was du mir sagst. Ich muss nicht immer das sagen, was du willst. Ich kann sagen, was mir passt.

Schon, aber wenn du dein Land liebst, musst du auch dafür kämpfen wollen. Warum willst du das nicht? Auch wenn du vielleicht dabei umkommst, ist es das wert.

Ich will meine Mutter nicht alleine lassen, sagte Edie.

Deine Mutter? Du bist doch kein Baby. Deine Mutter?

Edie zog sich ihren Rock sehr fest über die Knie. Ich mag es nicht, wenn ich sie länger nicht sehe. So wie als sie nach Springfield zu meinem Onkel gefahren ist. Ich mag es nicht.

Junge, Junge!, sagte Ruthy. Junge, Junge! Was für ein Baby! Sie stand auf. Sie wollte gehen, nur weg, einfach von der obersten Stufe springen, runterrennen zur Kreuzung und mit irgendwem rangeln. Du weißt, Edie, sagte sie, das ist *meine* Treppe.

Edie rührte sich nicht vom Fleck. Sie legte ihr Kinn auf die Knie und fühlte sich traurig. Sie war selber eine große Leserin, nur mochte sie *Die Bobbsey-Zwillinge* oder *Honey Bunch am Strand*. Sie liebte dieses schöne Leben einer Familie. In den drei Zimmern im dritten Stock versuchte sie es nachzuleben. Manchmal nannte sie ihren Vater Dad oder sogar Vater, was ihn überraschte. Wer?, fragte er.

Ich muss jetzt nach Hause, sagte sie. Mein Cousin Alfred kommt. Sie guckte, ob Ruthy immer noch wütend war. Plötzlich sah sie einen Hund. Ruthy, sagte sie und stand auf. Da kommt ein Hund. Ruthy drehte sich um. Da war tatsächlich ein Hund, ungefähr drei Viertel des Wegs die Straße runter zwischen dem Süßigkeitenladen und dem Lebensmittelgeschäft. Es war ein gewöhnlicher mittelgroßer Hund. Aber er kam wirklich näher. Er hielt nicht an, um an Bordsteinen zu schnüffeln oder gegen Häuserwände zu pinkeln. Mitten auf dem Bürgersteig lief er einfach immer weiter.

Ruthy behielt ihn im Auge. Ihr Herz fing an zu klopfen und von innen gegen die Rippen zu drücken. Oh, ein Hund, der hat Zähne!, dachte sie schnell. Er ist groß, behaart, seltsam. Keiner weiß, was ein Hund denkt. Ein Hund ist ein Tier. Man konnte mit einem Hund reden, aber ein Hund konnte nicht mit dir reden. Sagte man zu einem Hund HALT! – ein Hund liefe einfach weiter. Wenn er wütend ist und dich beißt, kannst du Tollwut kriegen. Es dauert ungefähr sechs Wochen, bis du stirbst, und wenn du dann stirbst, brüllst du vor Schmerzen. Dein Magen verwandelt sich in einen Felsblock, und du kriegst Kiefersperre. Wenn sie dich finden, wird dein Mund gelähmt in seinem Todesschrei weit offen stehen.

Ich gehe, sagte Ruthy, jetzt sofort. Wie von einem weit entfernten Schalter gesteuert, drehte sie sich um. Sie stieß die Tür zum Treppenhaus auf und gelangte sicher hinein. Mit einer Hand drückte sie die Wohnungsklingel. Mit der anderen hielt sie die Tür zu. Sie lehnte sich gegen die Glastür, als Edie anfing dagegenzuhämmern. Lass mich rein, Ruthy, lass mich rein, bitte. Oh Ruthy!

Ich kann nicht. Bitte, Edie, ich kann einfach nicht.

Angsterfüllt wanderten Edies Augen zu dem vorbeilaufenden Hund hinüber. Er kommt. Oh Ruthy, bitte, bitte.

Nein! Nein!, sagte Ruthy.

Der Hund blieb genau vor der Treppe stehen, um zu hören, woher das Schreien und Hämmern kam. Auch Edies Herz blieb stehen. Aber eine Minute später beschloss er weiterzulaufen. Er ging vorbei. Mit leichten, gleichmäßigen Schritten lief er weiter.

Als Ruthys große Schwester runterkam, um sie zum Mittagessen zu rufen, weinten die beiden Mädchen. Sie umarmten einander und hatten völlig verstrubbelte Haare. Ihr habt sie doch nicht alle, sagte sie. Wenn ich Mama wäre, würde ich euch nicht jeden Tag so viel miteinander spielen lassen. Ich mein's ernst.

Viele Jahre später in Manhattan war Ruthys fünfzigster Geburtstag. Sie hatte drei Freundinnen eingeladen. Sie warteten auf sie am runden Küchentisch. Sie hatte verschiedene Obstkuchen hingestellt, damit dieser Geburtstag von allen, die kamen, den ganzen Tag lang in ihrer Küche gefeiert werden konnte. Willst du dich jetzt mal hinsetzen, Himmelherrgott!, sagte ab und zu eine ihrer Freundinnen. Sofort setzte sie sich dann. Aber mitten in einem Satz, und wenn es ihr eigener war, sprang sie mit einem so besorgten Gesichtsausdruck auf, dass er kaum dem Haushalt gelten konnte, und wusch ein Küchenutensil ab oder wischte Mehlkrümel von der Resopalarbeitsfläche.

Edie war eine der Frauen am Tisch. Geschickt nähte sie einen neuen Reißverschluss in ein altes Kleid. Ruthy, sagte sie, so war es nicht. Wir sind beide dauernd rein- und rausgerannt.

Nein, sagte Ruth. Du hättest mich nie ausgesperrt. Du warst eine furchtbare Memme, Herzchen, aber du hättest mich nie, niemals ausgesperrt. Sieh dich doch mal an. Sieh dein Leben an!

Edie guckte, wie Leute eben gucken, wenn man sie dazu auffordert. Sie sah eine pummelige dunkelhaarige Frau vor sich, die wie eine nette kleine Lehrerin wirkte, jemand, der vor der Klasse stand und sagte: Geschichte ist ein wundervolles Fach. Es geht nur um Geschichten. Es geht darum, woher wir kommen, wer wir sind. Woher kommst du zum Beispiel, Juan? Woher stammen deine Eltern und Großeltern?

Das wissen Sie doch, Mizz Seiden. Porto Rico. Wissen Sie das doch schon-o lang-o, sagte Juan, wahrscheinlich, um sich über beide Sprachen lustig zu machen. Ach, dachte Edie, mit wem würde er sonst reden?

Herrje, ist das mal eine Party, oder?, sagte Ann. Sie tätschelte ein paar kleine Kästen und einen Projektor auf dem Fußboden neben ihrem Stuhl. Hatte sie vor, Dias zu zeigen? Nein, daran war sie schon von Faith gehindert worden, die zwei- oder dreimal zur Uhr gesehen und gesagt hatte: Ich habe die Zeit nicht, Jack kommt heut Abend. Auch Ruth hatte zur Uhr gesehen. Nächste Woche, Ann? Ann sagte okay. Okay. Nur bitte, Ruthy, hör auf, dich selber so runterzumachen. Du hast tausend gute Sachen gemacht, ich hab's gesehen. Wenn du wirklich so ein Windei wärst, wieso hätte ich dann in mein Testament reinschreiben sollen, dass du mit Joe meine Kinder großziehen sollst, falls mir etwas zustößt?

Du warst ganz einfach auf dem Holzweg. Ich konnte nicht mal meine eigenen richtig großziehen.

Ruthy, wirklich, sie sind doch wohl schon ziemlich groß. Überhaupt, wie kannst du so was Schreckliches sagen?, fragte Edie. Sie sind wundervolle hübsche prächtige Mädchen. Edie wusste das, denn sie hatte sie auf den Armen gehalten, als sie drei oder vier Tage alt waren. Natürlich war sie die Freundin gewesen, die Tante genannt wurde.

Das stimmt. Um Sara muss ich mir wohl keine Sorgen mehr machen.

Ah ja? Weil sie eine verheiratete Mami ist?, fragte Faith. Was für eine Beleidigung für Edie!

Nein, ist schon okay, sagte Edie.

Na ja, ich mache mir halt Sorgen um Rachel. Ich kann einfach nicht anders. Ich weiß nie, wo sie steckt. Eigentlich wollte sie gestern Abend kommen. Sie ruft normalerweise an. Wo zum Teufel ist sie?

Ach, wahrscheinlich im Gefängnis für irgendein dämliches kleines Sit-in oder so, sagte Ann. Fünf Minuten, und sie ist wieder draußen. Wieso sie glaubt, dass so was irgendwas bringt, ist mir ein absolutes Rätsel. Sie hat das von dir, und du wunderst dich jetzt. Und außerdem, sagte Ann, über die gottverdammten Kinder will ich gar nicht reden. Da bin ich kreuz und quer durch die Hälfte der meisten beinahe-sozialistischen Länder gereist, und keiner fragt mich irgendetwas. Ich bin Zeugin von Ereignissen gewesen!, rief sie.

Will ich alles hören, sagte Ruth. Dann änderte sie ihre Meinung. Na gut, ich meine nicht alles. Sag einfach einmal was Gutes und einmal was Schlechtes über jeden Ort, wo du warst. Wir haben ja bloß ein paar Stunden. (Es war vier Uhr. Um sechs würden Sara, Tomas und zwischen ihnen das erste Enkelkind Letty in der Tür stehen. Wahrscheinlich würde Letty glauben, es wäre ihre eigene Geburtstagsparty. Was für Locken!, würde jemand sagen. Alle würden ihre neuen Schuhe bewundern und ihren neuesten Satz, der lautete: Innerst du dich? Denn so lange war da nur die Gegenwart voller Milch und Gucken gewesen. Dann eines Tages, als sie versuchte, sich in einen Nachmittagsschlaf hineinzuträumen, setzte sie sich auf und sagte: Oma, ich hab deine Tasse puttgemacht. Innerst du dich? Auf diese einfache Weise wird die lebenslange Vergangenheit erfunden, die, wie wir wissen, die Gegenwart verdichtet und alle möglichen Hinweise auf die Zukunft gibt.) Also, Ann, ich meine einfach ein paar Dinge über jedes Land.

Hier ist ja wohl keine Diskussionsrunde, Gott im Himmel.

Es ist eine Party, Ann, du hast es selber gesagt.

Schön, dann mach ein anderes Gesicht.

Oh. Ruth fasste sich an den Mund, die Augenwinkel. Ihr habt recht. Geburtstag!, sagte sie.

Gut, dann mal los, sagte Ann. Sie nannte je zwei gute Sachen und eine schlechte an Chile (ein früherer Aufenthalt), Rhodesien, der Sowjetunion und Portugal.

Du hast China vergessen. Wieso erzählst du ihnen nicht von unserer Chinareise?

Es ist besser, ich lass es, Ruthy. Du würdest doch nur bei jedem Wort, das ich sage, widersprechen.

Edie, die älteste Freundin, schälte eine hübsch gefleckte Banane, die sie während Anns Ausführungen nicht aus den Augen gelassen hatte. Der Punkt ist, Ruth, dass du nie einfach ja sagst. Ich hab' s dir schon so oft gesagt, *ich* hätte dir die Tür vor der Nase zugeschlagen, gib's zu, aber es war nun mal dein Haus, und das hat mich ausgebremst.

Eigentum, sagte Ann. Selbst unter armen Leuten, es fängt früh an.

Arm?, fragte Edie. Es war Weltwirtschaftskrise.

Zwei Fragen … Faith war der Ansicht, lange genug geduldig zugehört zu haben. Ich liebe diese Geschichte, hab sie aber schon oft gehört. Immer wenn du deprimiert bist, Ruthy. Stimmt's?

Ich kenne sie nicht, sagte Ann. Wie kommt das, Ruthy? Setz dich doch bitte zu uns.

Die zweite Frage: Was ist mit dieser Stadt? Ich meine, ich hab diese großkotzigen internationalen Berichte so was von satt. Guckt euch an, wo wir leben, sieht aus wie eine Giftmüllkippe. Ein Krieg. Neun Millionen Leute.

Ach, ist schon wahr, sagte Edie, bloß, Faith, das Ganze *ist* nun mal hoffnungslos. Wo du hinguckst, die Straßen, diese Kinder, auf den Müll geworfen, einfach weggeworfen. Das ist der richtige Ausdruck, »weggeworfen«. Sie fing an zu weinen.

Hör auf, rief Ann. Keine Tränen, Edie! Nein! Hör auf der Stelle damit auf! Ich sag dir, meinte Faith, hör lieber damit auf. (Sie alle, sogar Edie, waren aus ideologischen, spirituellen und puritanischen Gründen gegen Verzweiflung.)

Faith tat es leid, dass sie in Edies Gegenwart die Stadt erwähnt hatte. Wenn man das Wort »Stadt« zu Edie sagte oder auch nur das kühle Adjektiv »kommunal«, dann erschienen vor ihren Augen bestimmte Kinder, die normalerweise ganz hinten saßen und keine Antwort gaben, wenn sie sie aufrief. Okay, sagte Faith darum. Anderes Thema, Mädchen: Was haltet ihr denn von den Grand Jurys, die sie jetzt überall einsetzen?

Wo denn überall?, fragte Edie. Ach, lass es, Faith, die haben ganz schön zu kämpfen. Ihr drei lebt nach dem Grundsatz Hauptsache anti, wisst ihr. Ich hasse es. Wozu soll das gut sein? Mit diesen Gerichten ist es eh bald vorbei.

Edie, manchmal glaub ich, du schläfst halb. Kennst du diese Frau in New Haven, die vorgeladen wurde? Ich kenne sie persönlich. Kein Wort wollte sie sagen. Sie ist im Gefängnis. Die spaßen nicht.

Ich würde den Mund auch nicht aufmachen, sagte Ann. Niemals. Auf der Stelle kniff sie die Lippen zusammen.

Glaub ich dir, Ann. Manchmal allerdings, sagte Ruth, da denke ich, angenommen, ich wäre in Argentinien und sie hätten mein Kind. Gott, wenn sie Saras Letty hätten, würde ich wohl alles Mögliche sagen.

Na, ein- oder zweimal hast du dich ganz gut geschlagen, Ruth, sagte Faith.

Ja, sagte Ann, eigentlich waren wir alle ziemlich gut an dem Tag, genau vor den Knien der Pferde saßen wir bei der Einberufungsbehörde – warst du dabei, Edie? Und dann fingen die gottverdammten Pferde an, sich aufzubäumen, und die Cops droschen Leuten auf den Rücken und den Kopf – wisst ihr noch? Und, ich hab dich beobachtet, Ruthy. Du bist plötzlich einfach mitten durch diese Monster durchgelaufen. Die hätten dich tottrampeln können. Du hast den Captain an den Goldknöpfen gepackt und ihn angebrüllt: Du Mistkerl! Schaff deine gottverdammte Kavallerie hier weg. Geschüttelt hast du ihn, immer wieder geschüttelt.

Er hatte ihnen den Befehl gegeben, sagte Ruth. Sie stellte einen ihrer Geburtstagskuchen, einen Apfel-Pflaumen-Kuchen, auf den Tisch. Ich habe ihn gesehen. Er war der Verantwortliche. Ich habe den ganzen verdammten Einsatz mitangesehen. Ich war am Wegrennen – die Pferde –, aber drehte mich um, weil ich ja ganz bleiben sollte, und da sah ich, wie er den Befehl gab. Ich bin noch nie, ehrlich, so zornig gewesen.

Ann lächelte. Zorn, sagte sie. Das ist wirklich gut.

Findest du?, fragte Ruth. Sicher, ja?

Zisch ab, sagte Ann.

Ruth zündete die Kerzen an. Na los, Ann, wir müssen das zusammen ausblasen. Und wünscht euch was. Ich habe nicht mehr so die Puste wie früher.

Immer noch nichts als heiße Luft, Ruthy, sagte Edie. Und gab ihr einen ordentlichen Schmatzer. Was hast du dir gewünscht?, fragte sie.

Na ja, etwas halt, irgendetwas, sagte Ruth. Also gut, ich habe mir gewünscht, dass diese Welt nicht untergeht. Diese Welt, diese Welt, sagte Ruth leise.

Ich auch, genau dasselbe hab ich mir gewünscht. In Ann kam Bewegung, ah, mein Rücken, autsch, mein Knie, sagte sie, während sie sich auf einen Küchenstuhl hievte. Dann: Lasst uns weiter voller Furcht und Mut und Zorn die Welt retten gehen.

Bravo, sagte Edie leise.

Moment, Moment, sagte Faith …

Und Ann: Ach, du … du …

Aber es war jetzt sechs, und es klingelte an der Tür. Sara und Tomas standen links und rechts von Letty, die vor Aufregung hopsend oder herumwackelnd sich hinter dem langen Rock ihrer Mutter versteckte oder am Oberschenkel ihres Vaters festklammerte. Die Tür war kaum offen, schon sprang Letty herein und umarmte Ruths Knie. Ich übernachte heute bei dir, Oma.

Weiß ich, Liebling, weiß ich.

Oma, ich hab mit dir in deinem Bett geschlafen. Innerst du dich?

Aber sicher, Liebling, ich erinnere mich. Gegen fünf, als es noch dunkel war, wachten wir auf, und ich guckte dich an, und du gucktest mich an, und du hattest ein großes breites Letty-Lächeln im Gesicht, und wir mussten beide loslachen, und du hast gelacht und ich hab gelacht.

Ich innere mich, Oma. Schüchtern und stolz blickte Letty zu ihren Eltern. Noch immer war sie glücklich, das Wort »erinnern« für sich entdeckt zu haben, das so vielen Bildern in ihrem Kopf einen Namen gab.

Und dann sind wir gleich wieder eingeschlafen, sagte Ruth, die jetzt auf Lettys Höhe kniete, um ihr kleines Gesicht zu küssen.

Wo ist meine Tante Rachel?, fragte Letty und jagte zwischen lauter unbekannten Beinen durch den Flur.

Ich weiß nicht.

Eigentlich sollte sie hier sein, sagte Letty. Mami, du hast es versprochen. Sie sollte wirklich.

Ja, sagte Ruth, indem sie Letty hochnahm, um sie zu drücken und dann noch mal zu drücken. Letty, sagte sie so leichthin, wie sie konnte, sie *sollte* wirklich hier sein. Wo kann sie nur stecken? Sie sollte ganz bestimmt.

Letty fing an, sich aus Ruths Armen zu winden. Mami, rief sie, Oma erdrückt mich. Aber Ruth würde sie am liebsten noch fester halten, denn, auch wenn es anscheinend niemand sonst bemerkte, Letty war, rosig und mit weichen Wangen wie immer, im Begriff zu fallen, fiel bereits, fiel aus ihrer nagelneuen Hängematte welterfindender Wörter auf den harten Boden menschengemachter Zeit.

Ein Mann erzählte mir
die Geschichte seines Lebens

Vicente sagte: Ich wollte Arzt werden. Aus vollem Herzen wollte ich Arzt werden.

Ich lernte jeden Knochen, jedes Organ im Körper. Wofür ist es gut? Wieso funktioniert es?

Die Schule sagte zu mir: Vicente, werde Ingenieur. Das wäre gut. Du verstehst was von Mathematik.

Ich sagte der Schule: Ich will Arzt werden. Ich weiß schon, wie die Organe zusammenarbeiten. Wenn etwas schiefläuft, kann ich sagen, welche Reparaturen nötig sind.

Die Schule sagte: Vicente, du wirst bestimmt ein ausgezeichneter Ingenieur. Alle deine Klassenarbeiten zeigen, was für ein guter Ingenieur aus dir werden wird. Ob ein guter Arzt aus dir werden wird, zeigen sie nicht.

Ich sagte: Ach, ich würde so gern Arzt werden. Ich weinte fast. Ich war siebzehn. Ich sagte: Aber vielleicht haben Sie ja recht. Sie sind die Lehrer. Sie sind der Schulleiter. Ich weiß, ich bin noch jung.

Die Schule sagte: Und außerdem, zuerst mal gehst du zur Army.

Und dann wurde ein Koch aus mir gemacht. Für zweitausend Mann bereitete ich Essen zu.

Jetzt sehen Sie mich an. Ich habe einen guten Job. Ich habe drei Kinder. Das ist meine Frau, Consuela. Wussten Sie, dass ich ihr das Leben gerettet habe?

Sehen Sie, hier hatte sie furchtbare Schmerzen. Der Arzt fragte: Woher kommt das? Sind Sie müde? Waren Sie zu viel unter Leuten? Wie viele Kinder? Ruhen Sie sich aus, morgen dann werden wir ein paar Untersuchungen durchführen.

Am nächsten Morgen rief ich den Arzt an. Ich sagte: Sie muss auf der Stelle operiert werden. Ich hab im Buch nachgesehen. Ich weiß, wo der Schmerz sitzt. Ich verstehe den Druck und wo er herkommt. Ich sehe das Organ, das da Ärger macht, deutlich vor mir.

Der Arzt führte eine Untersuchung durch. Er sagte: Sie muss sofort operiert werden. Zu mir sagte er: Vicente, woher wussten Sie das nur?

Der Geschichtenhörer

Ich versuche gerade meinen gepflegten Individualismus zu zügeln, der mir jahrelang so bequem schien. In meiner eigenen Welt konnte ich nach meiner Pfeife tanzen, aber in den bevorstehenden schweren Zeiten wird das natürlich nicht mehr gehen. Als Jack beim Essen fragte: Was hast du heute gemacht mit deinem freien Jahr? – da beschloss ich also, die Buchführung des Tages auf der Stelle offenzulegen und mein Hirn nicht länger mit der Zeit zu begießen, in der mir lauter kluge, nur für mich bestimmte Gedanken gewachsen waren.

Ich sagte: Sollen wir am Anfang anfangen?

Ja, sagte er, Anfänge hab ich immer gerngehabt.

Das ist bei Männern so, gab ich zurück. Kein Mensch weiß, ob sie je darüber hinauskommen. Hunderttausende von Wörtern wurden geschrieben, mal freiberuflich und mal im Auftrag. Aber noch immer weiß es kein Mensch.

Also wenn du mich fragst, sagte er, ich mag die Mitte genauso.

Ja doch, das weiß ich. Ich ließ nicht locker. Liegt das am Alter oder daran, dass die Zeitungsartikel so zugenommen haben?

Weiß ich nicht, sagte er. Ich frag mich das oft, allerdings scheint mir mein Vater, der ja ein anständiger Mensch war – ein typischer Otto Normalverbraucher –, mir scheint, so richtig eingerichtet in seiner großen Wertschätzung der Mitte hat er sich gerade erst zu der Zeit, als meine Mutter sagte: Gut, Willy, es reicht. Leb wohl. Pass auf die Kinder auf und sorg dafür, dass er (ich) zumindest die Highschool zu Ende macht. Dann küsste sie ihn, küsste uns Kinder. Nächste Woche ruf ich dich an, sagte sie, redete aber nie wieder mit irgendeinem von uns ein Wort. Wo sie jetzt wohl ist?

Tja, ich habe mir diese Geschichte vielleicht dreißigmal angehört und kann sie immer noch nicht ertragen. Wann immer ich nämlich öffentlich ein stichhaltiges Argument vorbringe, erzählt Jack sie, um mich traurig zu machen. Manchmal fange ich an zu weinen. Manchmal koche ich einfach sofort Suppe. Einmal dachte ich: Ja, ich werde seine Unterwäsche bügeln. Ich hab gehört, dass man das macht, konnte aber das Kabel nicht finden. Seit Jahren musste ich nicht bügeln, der ruhmreichen amerikanischen Wissenschaft sei Dank, die uns bügelfreie Wäsche in dem einen Reagenzglas und Nervengas in dem anderen beschert. Ihr rechtes Reagenzglas weiß nicht, was ihr linkes treibt.

Oh doch, das weiß es, sagt Jack.

Deshalb will ich die Geschichte weitererzählen. Oder vielleicht noch mal von vorn anfangen. Jack sagte: Was hast du heute gemacht mit deinem freien Jahr? Ich sagte:

Mein Lieber, am Vormittag habe ich unsere Wohnung verlassen. Die *Times* lag gefaltet auf der Fußmatte von der 1-A, ganz schwarz von Erdbeben, Kriegen und Mordfällen. Der Tod war eindeutig überall erfolgreich gewesen, außer – wie ich feststellte, als ich aus der Haustür trat – an unserer Straße. Hier herrschte Frühling, zum einen, weil es die Jahreszeit dafür war, und zum anderen, weil wir eine eigennützige, nachbarschaftlich organisierte Straßenvereinigung haben, die uns mit Platanen gesäumt und verschönert hat mit einer Vogelbeere, zwei Ginkgos und hier und da (weil wir Teil des Ganzen sind) einem Götterbaum, dem Retter der Stadt.

Ich sagte mir: Was für ein Tag! Ich könnte doch mal zum Laden runterlaufen und mir ein paar Naturalien holen. Hab ich tatsächlich gedacht. Wäre ich einfach zum Laden gegangen, ohne nachzudenken, das Wort »Naturalien« wäre mir nie in den Sinn gekommen. Ich hätte es mir ausgemalt: hungrig Essen Abend Jack Grünzeug Käse Laden gehen Straße.

Aber ich liebe diese Sprache – Spreu und Weizen – mit ihrem sich ausdehnenden Pool aus fremden Versatzstücken, und weil ich noch nie Gelegenheit hatte, »Naturalien« zu sagen, war es eine Freude, das zu denken.

Beim Lebensmittelhändler traf ich einen alten Freund, der so weitergemacht hatte, wie sein Leben immer schon gewesen war – in der Avantgarde, aber nicht aus Egoismus. Er hat früher auch Guerilla-Theater-Demos organisiert und nie schlecht von den Leuten geredet. Die meisten Künstler tun das ja, denn sie haben nur ein sehr kleines Publikum und sind wütend auf dieses Publikum, weil es einfach nicht größer werden will.

Wie sollen sie das hinkriegen?, hab ich oft gefragt. Die haben einen Mund, oder nicht? Sollen sie's doch weitersagen, antworten die meisten Künstler angefressen.

Gut, also zuerst redeten mein Freund und ich über den Salatboykott. Es war ein alter Boykott. Ich erzählte meinem Freund (sein Name war Jim) alles über den Seidenstrumpfboykott, der mit der Verwüstung der Mandschurei durch die Japaner zusammenhing und mit dem Verschwinden der Sixth-Avenue-Hochbahn in den Öfen japanischer Fabriken, aus denen sie ein paar Jahre später – manchmal in genau dieselbe Nachbarschaft – in Form von Granatsplittern zurückkehrte, die in den Körpern einiger junger New Yorker aus meiner Generation steckten.

Hat das zu Pearl Harbor geführt?, fragte er respektvoll. Er war sich bewusst, dass ich Zeitzeugin von Ereignissen war, die sich zugetragen hatten, als er zur Grundschule ging. Dieser Respekt verschaffte mir ausreichend Vorsprung, um aggressiv und kritisch aufzutreten. Jim, sagte ich, die Art und Weise, wie du auf unserer letzten Demo die Vietnamesen hast schreien lassen, halte ich für nicht effektiv, das wollte ich dir schon lange sagen. Ich glaube nicht, dass das, worum es bei unserem Kampf geht, irgendwas mit diesem ganzen Remmidemmi zu tun hat.

Du verstehst Artaud nicht, sagte er. Ich glaube daran, dass das Theater die Magd der Revolution ist.

Der Diener, meinst du.

Er schluckte meine Verbesserung mit einem Nicken. Gnädig nimmt er alle Kritik hin, denn er kann sie stets an einem Stoßstangenlächeln eiserner Überzeugtheit abprallen lassen.

Du solltest dich mehr mit Artaud beschäftigen, sagte er.

Da hast du recht. Sollte ich. Aber ich hatte schrecklich viel zu tun. Außerdem hab ich früher jede Menge von ihm gelesen. Seit ein paar Jahren bring ich die ganzen literarischen Gestalten in meinem Kopf durcheinander. Manchmal taucht König Ubu gleich neben Mr. Sparsit auf – oder neben Mrs. …

In diesem Moment sagte der Schlachter: Was hätten Sie gern, junge Frau?

Ich weigerte mich, es ihm zu sagen.

Jack, dem ich, wenn Sie sich erinnern, diese tagelange Geschichte erzählte, seufzte: O Gott, nein! Nicht schon wieder.

Doch, sagte ich. Es ist eine Beleidigung. Zu einer Frau in meinem Alter, die so alt aussieht wie ich, sagt man nicht: Was hätten Sie gern, junge Frau? Ich habe ihm nicht geantwortet. Wenn man das zu jemandem wie mir sagt, meint man in Wahrheit: Was willst du, du hässliche alte Schachtel?

Wirst du jetzt auch so?, fragte er.

Hör zu, Jack, sagte ich, stell dich nicht taub. Angenommen, der Schlachter meinte es nicht böse. Eddie ist ja kein schlechter Mensch. Er braucht zwei Stunden, um von Jersey nach New York zu kommen. Nach der Arbeit braucht er zwei Stunden zurück. Tut mir leid für ihn, diese lange Fahrerei. Aber ich bleibe dabei. Er soll das nicht mehr sagen.

Eddie, sagte ich, reden Sie nicht so, oder ich sage Ihnen nicht, was ich möchte.

Wie Sie wollen, Schätzchen, was hätten Sie denn gern?

Tja, können Sie mir ein Hühnchen klein schneiden?

Mach ich gern, sagte er.

Für mich eine Schweinekeule, sagte Jim. Übrigens, stell dir vor, wir geben diesen Sommer eine Aufführung am City College. Nicht im Auditorium – im Bio-Labor. Ist so eine neue Idee. Dafür mussten wir ganz schön kämpfen. Seit *Plünderung* haben wir nichts Politischeres gemacht.

Sagten Sie grade City College?, fragte Eddie, während er das Hühnerbein aus seiner Gelenkpfanne schnitt. Na ja, als ich jung war, ein Spund – damals hieß das City College noch CCNY –, da sagten wir dazu BBNY, Beschnittene Bürger New Yorks.

Wirklich, sagte Jim. Er sah mich an. Erhob ich Einspruch? War ich verletzt?

Von der Praxis der männlichen Beschneidung fühle ich mich nicht verletzt, sagte ich. Aber ich weiß durchaus, dass die Klitorisbeschneidung bei jungen Mädchen in Marokko noch immer stattfindet.

Jim kann auch mal verlegen sein. Er nahm seine Schweinekeule und verabschiedete sich.

Ich hatte angefangen, mir die Hühnerlebern genauer anzusehen. Manchmal sind sie eher hellbraun als rot, aber ich wusste, schlecht waren sie deshalb nicht.

Auf einmal tauchte Treadwell Thomas neben mir auf und umarmte mich. Er ist bekannt als wählerischer Feinschmecker, und ich war froh, dass der Schlachter unsere innige Umarmung sah. Irgendwelche guten Euphemismen ausgedacht in letzter Zeit?, fragte ich.

Haha, machte er. Noch immer fühlt er sich nicht wohl mit seinem Leben in der Sprachabteilung des Verteidigungsministeriums. Vor ein oder zwei Jahren interviewte ihn Jack für ein Magazin, das *Der soziale Abfall* heißt und von dem es fünf vierteljährliche Nummern gab, ehe der Chefredakteur von der *Times* abgeworben wurde. Ist noch immer eine famose Zeitschrift.

Hier ein Auszug aus dem Interview:

Mr. Thomas, welche Aufgabe hat die Sprachabteilung?

Nun, Jack, sie wurde eingerichtet, damit die englische Sprache nicht länger dazu eingesetzt wird, exakte Fakten nutzbringend zu vermitteln. Natürlich ist sie nicht die erste (oder letzte) Einrichtung, die dies versucht, doch ihr ist es in gewisser Weise gelungen.

Mr. Thomas, ist das eine ironische Feststellung, die Sie im Zuge Ihres neuen Idealismus treffen oder der umfangreichen Geheiminformationen, die uns dadurch zugänglich gemacht wurden?

Keineswegs, Jack. Nicht ich habe mir den Ausdruck »Schutzreaktion« ausgedacht. Es war Eisenhower, nicht ich, der auf den Gedanken kam (während Tausende von Wasserstoffbomben in Silos und U-Boote gesteckt wurden) – und genauso wenig habe ich mir »Atome für den Frieden« ausgedacht und den Codenamen dafür, »Operation Wheaties«.

Könnten Sie uns zumindest einen Ausdruck nennen, den Sie sich zum Irreführen und Runterspielen ausgedacht haben? (Jack, schrie ich, »irreführen« oder »runterspielen«, du hast dich anstecken lassen. Halt den Mund, sagte Jack und wandte sich wieder dem Interview zu.)

Nun?, fragte er.

Nun, sagte Treadwell Thomas, ich wurde gebeten, ein Wort oder eine Reihe von Wörtern zu entwickeln, mit denen sich jedes beliebige im Wandel befindliche lateinamerikanische Land beschreiben oder bezeichnen ließe – etwas, das die dortige revolutionäre Lage abtun oder lächerlich machen würde, bloß indem man es äußert. Nach Rumfragen, Ideensammeln und dem Vor-sich-hin-Träumen, das ja zu jedem schöpferischen Prozess gehört, kam ich auf »Revo-Staat«. In Washington ließ man den Ausdruck in Gesprächen fallen. Ein oder zwei Journalisten griffen ihn mit Freuden auf. Lange Zeit war er in aller Munde. Und bestimmt haben Sie die Monografie *Der revostaatliche Bauer im heutigen Brasilien* gesehen. Sogar ihr Linken verwendet ihn. Ganz zu schweigen von Wassermans poetischem Artikel, »Regenwald, stilles Wasser und die Kultur des Revo-Staats«, der ja in dieser Zeitschrift stand.

Volltreffer, Treadwell – wie ein paar Jahre lang unsere schwarzen Brüder sagten, ehe sie den Ausspruch weiterreichten, damit wir ihn zum Irreführen und Runterspielen verwenden konnten.

Thomas hätte tatsächlich dennoch so weit gehen können, wie es in unserer Zeit und Generation eben möglich war, und am Offiziersrekrutierungstag des Verteidigungsministeriums hingen ihm immerhin Hunderte von ehrgeizigen arbeitslosen College-Studenten an den Lippen – aber abgesehen davon, dass er jede Menge Fisch zu kochen pflegte, hat er doch lieber ziemlich oft schallend losgelacht. Manche Leute hier halten ja schallendes Gelächter, das energiegeladene Reinigen der Nasenwege, für die grundlegende Weisheit des Ostens. Für andere stimmt das ganz und gar nicht.

Wobei mir einfiel, während wir darauf warteten, dass das Fleisch verpackt wurde: Wie geht's Gussie?

Gus? Na ja, für sie gibt's nur noch Hydrokultur. Überall stellt sie Grünzeug in Behältern hin. Wahrscheinlich werden wir nie wieder einkaufen gehen müssen.

Ja dann! Ich konnte gar nicht mehr aufhören zu lachen. Noch am selben Tag erzählte ich die Geschichte mehreren Leuten. Ich machte mich vor Jack über Gussie lustig. Höhnisch erzählte ich einem oder zwei Fremden von ihr. Dabei war sie bereits die Welle der Zukunft. Ich hatte keine Ahnung. War ja nicht mein Meer, in dem sie eine Welle war.

Denn ich stecke ja hier in meinen eigenen kleinen Wellen und Gezeiten. Würden Sie sich nicht auch gern machtvoll über Ihre Epoche und Ihren Namen erheben? Ich bin mir sicher, dass wir das alle ausleben, nur sind wir nun mal hier, rutschen ständig aus, fallen wieder rein und bewegen uns im engen Rahmen ihrer Sprache, auch wenn das Thema, nämlich wie die Welt zu retten wäre – und das schnell –, unerschöpflich ist.

Auf Wiedersehen, Treadwell, sagte ich traurig. Ich muss noch ein bisschen Grünzeug besorgen.

Unser Lebensmittelhändler war gerade dabei, sein Gemüse abzuspritzen. So ließ er den Salat frischer wirken, als er war. Wassertröpfchen standen auf den Brokkoliröschen zwischen den grünen knopfartigen Knospen und waren genauso groß wie sie.

Orlando, sagte ich, letzte Woche ist Jack um zwei Uhr nachts noch mal mit dem Hund raus, und um sieben war ich draußen, und beide Male waren Sie hier.

Das stimmt, sagte er. War ich.

Orlando, wie schaffen Sie das, wie schaffen Sie's zur Arbeit, wie schaffen Sie's, auch noch zu leben? Wie schaffen Sie es, Ihre Kinder und Ihre Frau zu sehen?

Gar nicht, sagte er. Vielleicht einmal die Woche.

Geht es Ihnen gut?

Ja. Er legte seinen Schlauch hin und nahm meine Hand. Wissen Sie, sagte er, das hier ist wundervolle Arbeit. Es ist Nahrung. Ich liebe jede Arbeit, die mit Nahrung zu tun hat. Ich habe Glück. Er ließ meine Hand los und tätschelte einen Rotkohl. Sehen Sie mich an, ich bin hier nur ein kleines Licht. Ich habe einen A&P auf der einen Seite, einen Bohack auf der anderen und einen schicken International voller Käse und Heringe unten an der Ecke. Wenn ich nicht täglich sechzehn Stunden ranklotze, bin ich tot. Aber sehen Sie sich dieses Gestell an, Mrs. A., die Bohnen, die Ecke mit der ganzen Petersilie, mit Rucola und dem Dill, ist doch wunderschön, oder?

Oh ja, sagte ich, das ist sie wohl, aber was mir am besten gefällt, das sind die kleinen Bündel Brunnenkresse – und wie Sie die Karottenkiste damit ausgepolstert haben.

Ja, Mrs. A., Sie sind okay. Sie verstehen, worauf's ankommt. Die Schönheit!, sagte er und ging weiter, um drei weniger gute Erdbeeren aus einem ansonsten vollkommenen Körbchen zu nehmen. Ein paar Jahre später – in der Gegenwart, die ich noch gar nicht richtig erwähnt habe (kommt noch) – beharkten wir uns wegen Pflaumen aus Chile. Wir trennten uns. Ich war gezwungen, im günstigen Supermarkt einzukaufen, unter lauter Gleichgültigen, die nicht nach Kredit fragen und keinen angeboten bekommen. Zum damaligen Zeitpunkt herrschte aber noch Frieden zwischen uns. Das heißt, ich schuldete ihm 275 Dollar, und er ließ mir das durchgehen.

Okay, sagte Jack, wenn du und Orlando so dick befreundet seid, wieso sind dann diese Erdbeeren nicht alle reif? Er nahm eine eher grüne, schrumpelige in die Finger. Ich dachte mir eine anthropologische Erwiderung aus. Na ja, Orlandos Vater ist ein alter Mann. Eine der Arbeiten, die Orlandos Kultur für das hohe Alter seines Vaters vorgesehen hat, ist das Sortieren von Erdbeeren in Pfund- und Kilokörbe. Schon der Fairness halber muss er in jedem Korb ein, zwei grünere unterbringen.

Ich glaube, ich geh ins Bett, sagte Jack.

Ich hatte nur die Gedanken in seinem Artikel in der dritten Nummer von *Der soziale Abfall* weitergeführt – »Nahrungsmittelvermarktung oder Wer erfand den gierigen Verbraucher«. Daran erinnerte ich ihn.

Ah …, machte er höflich.

Der Tag war zu lang gewesen, und ich hatte noch kein Wort über die Neuen Jungen Väter oder meine Begegnung mit dem Apotheker Zagrowsky gesagt. Vielleicht sprechen wir darüber lieber beim Frühstück, dachte ich.

Also schliefen wir, und seine Arme hielten mich so sanft umschlungen, wie er nach einem langen Tag wahrscheinlich auch neben seiner früheren Frau geschlafen hatte (und ich genauso neben meinem usw., usw., usw.). Es war so bequem, unsere gute Matratze und unsere schönen Empfindungen waren eine so kuschlige Kombination, dass mir ein Lied einfiel, das etwa zehn Jahre zuvor meine Freundin Ruthy ersonnen hatte, um unsere Zeit, unseren Ort und uns selber durch den Kakao zu ziehen:

oh, das Ehebett, das Ehebett
kennst du was, das schöner ist
tagein, tagaus und Jahr für Jahr
liegst du neben deinem Schatz
eingeschmiegt in eure Arme und
eng umschlungen eure Beine, bis
am gewissen dunklen Tag dann dort
dein Geliebter auftaucht und dich mitnimmt
nur fort   nur fort   nur fort

Gegen drei Uhr morgens stieß Jack einen Angstschrei aus. Ist ja gut, Jungchen, sagte ich, du bist da nicht der Einzige. Wir müssen alle sterben. Mit meiner ganzen besänftigenden Kraft schmiegte ich mich an seinen knochigen Rücken. Dann erschien mir in einer Art Diorama mit Technicolor-Verfremdung das Folgende im Traum – nämlich dass die Kinder völlig erwachsen geworden wa-

146

ren. Eins war in ein anderes Viertel gezogen, das andere in ein fernes Land. *Den* würde man nie wieder sehen, erklärte der Traum, weil er eine echt üble Bank in die Luft gejagt hatte, und in dem Traum hatte ich ihn dazu angestiftet. Der Traum ging weiter ... nein – er schloss, indem er sich bis in mein hohes Alter ausdehnte, einen Kreis. Und im Verschwinden vollführte mein Sohn dann einen dieser typischen Wendeltreppenstürze, wie man sie aus Filmen kennt. Unerreichbar dort unten spielte ihre Kindheit Krieg und alberte herum.

Ich wachte auf. Wo ist das Glas Wasser?, kreischte ich. Ich will dir was sagen, Jack.

Was? Was? Was? Er sah meine hellwachen Augen. Er setzte sich auf. Was?

Jack, ich will ein Baby.

Haha, machte er. Kannst du nicht. Zu spät. Ein paar Jahre zu spät, sagte er und schlief wieder ein. Dann fing er an zu reden. Und außerdem, angenommen, es klappt; ich meine, angenommen, es passiert ein Wunder. Der kleine Kerl könnte sehr clever sein, ein Stipendium fürs MIT kriegen, sich verrennen im Knacken kniffliger Aufgaben, und, Allmächtiger, er könnte irgendwas erfinden, das schlimmer ist als alles, was uns alten Deppen je vorschwebte. Dann schlief er wieder ein und fing an zu schnarchen.

Ich zog das Alte Testament unter dem Bett hervor, wo ich das meiste meiner Gutenachtlektüre verwahre. Ich klemmte mir ein Extrakissen in den Rücken und saß dann fast aufrecht da, bereit, der Geschichte von Abraham und Sarah bis zwischen die Zeilen zu folgen. Es war viel dran an dem, was Jack sagte – oft sind seine Bemerkungen sehr vernünftig oder regen zum Nachdenken an. Und man weiß ja auch, wie diese alte Geschichte endet – tja! Nämlich mit diesen drei monotheistischen Reitern des ewigen Chefspielens und Kriegführens: Christentum, Judentum und Islam.

Trotzdem, sagte ich zu dem leise schnarchenden Jack, bevor sich diese ganze allseits beliebte Schlechtigkeit in die Welt gedrängt hat, da *war zuerst* einmal der kleine Säugling Isaak. Du weißt, was ich meine: Genau wie alle unsere alten Babys uns, so guckte er Sarah an – erinnere dich nur, wie sie ihre fünf kleinen Sinne ausprobierten. Ach Jack, bevor dieser Isaak – Sarahs kleiner Junge – bevor er alt genug war, um von seinem Vater mitgenommen zu werden und sich die Gurgel durchschneiden zu lassen, muss er einfach bloß herumgelegen, gelächelt und Diphthonge gebildet und gelauscht haben, und die Frauen sangen ihm Lieder vor und wickelten ihn in so hübsche Decken. Stimmt's?

Ja, sagte der schlafende Jack, der genauso streitlustig ist wie der wache – aber man hätte ihm nicht erlauben dürfen, seinen Bruder mit dem ganzen Sand zu bewerfen.

Da hast du recht, vollkommen recht. Ich bin da ganz auf deiner Seite, sagte ich. Jetzt musst du nur noch rüberkommen auf meine.

Dies ist eine Geschichte über meinen Freund George, den Spielzeugerfinder

Er ist ein Mann fremdländischer Abstammung, der von Wellen der Liebe geschüttelt wird, salzige Tränen, die seine Augen fluten. Die Küsten, gegen die diese Wogen anbranden, sind oft seine Kinder. Diese Geschichte ist keine über seine Kinder.

Einmal scheiterte George. Er hatte einiges zuwege gebracht, weshalb dieses Scheitern also nicht gleich sein ganzes Leben scheitern ließ. Gescheitert war die Arbeit eines halben Jahres, und wie beim Scheitern so oft, bedeutete das auch einen empfindlichen Einkommensverlust.

Er hatte einen Flipperautomaten erfunden. Als wir ihn sahen, sagten wir: George! Das ist nicht bloß ein Flipperautomat. Das ist ein Gedicht von einem Flipper, seine auf zarte Weise konkret gewordene Essenz und so weiter.

So sah er aus: Anstelle von polierten Stahlkugeln, die man in einen Kasten mit dekorierten Blitzlichtern und erleuchteten Wettkämpfern und Planeten katapultiert, werden blaue Wasserkugeln in den Kasten geschossen. Die blauen Kugeln platzen und zerstieben in winzige blaue Tröpfchen unterschiedlicher Größe. Alles geht rasend schnell, die himmelblauen Tröpfchen sausen dahin und finden auf dem magnetischen weißen Grund erneut zueinander. Bestimmte Ruhepunkte sind mit Ziffern für die Punkte versehen.

Der Flipper ist zweifellos schön, und er ist seiner Zeit so weit voraus, dass wir nicht überrascht waren, als wir hörten, dass er abgelehnt wurde. Um sein Scheitern zu verstehen, mietete sich George nach der Ablehnung ein paar herkömmliche Flipperautomaten (denn er ist ein ernsthafter Mensch, ein Erfinder, ein Künstler). Er stellte sie im Dachzimmer der Jungs auf. Wochenlang spielte die Familie mit ihnen und unterzog sie strengen Prüfungen. Und schließlich gesellten sich Einsicht und Erstaunen zu seinem Kummer.

Wie hatte er annehmen können, ausgerechnet er würde den Flipper verbessern, diese alte Erfindung geballter Komplikation. Er hatte dazu lediglich eine kleine Neuerung beigetragen.

Schönheit!, sagten wir. Wir brachten unsere ganze politische Theorie in Anschlag, indem wir die Ansicht vertraten, dass sich – sogar damit – im opportunistischen Leben eines alles vereinnahmenden Kapitalismus Geld machen ließ.

Nein, sagte George, ihr versteht nicht. Der Flipper – egal, welcher Flipper in egal welcher billigen Spielhalle – ist so bemerkenswert, so raffiniert, so ausgeklügelt. Schön ist er bereits durch die Notwendigkeit und Ausgewogenheit von Kabel, Verbindung, Möglichkeit.

Nein, nein, sagte George. Die Firma hatte recht. Sie gaben mir sechs Monate für einen besseren Flipper. Sie waren fair. Wie vermessen von mir, zu glauben, dass ich es schaffe. Nein, sie waren fair. Genauso hätte ich versuchen können, die Violine zu erfinden.

Zagrowsky erzählt

Ich stand im Park unter diesem Baum. Er wird die Henkersulme genannt. Früher mal hatte er großen Anteil daran, dass alle möglichen Krawallbrüder sich besserten. Würde heutzutage, nur ab und zu mal... Nein. Da kommt also diese Frau auf mich zu, eine Frau, der jedes Lächeln abgeht. Ei, ei, ei, Emanuel, sagte ich zu meinem Enkel. Da kommt eine Lady, die war früher in der Apotheke, die ich dir gezeigt habe, eine Kundin von mir, eine bildschöne.

Wer denn, Opa?, fragt Emanuel.

Jetzt sieht sie okay aus, aber nicht mehr so scharf. Na ja, was soll man machen, einen fürchterlichen Tribut verlangt die Zeit von den Frauen.

Ein Hallo sieht bei ihr so aus: Iz, was machen Sie denn da mit diesem schwarzen Kind? Dann fragt sie: Wer ist der Junge? Wieso halten Sie ihn denn so fest? Sie nimmt mich aufs Korn wie Gott am Jüngsten Tag. Diesen Blick kennt man von berühmten Gemälden. Dann sagt sie: Wieso schreien Sie dieses arme Kind so an?

Was heißt hier Schreien? Bloß eine Geschichtsstunde über den Park. Dieser Baum steht in Reiseführern. Wie geht's Ihnen denn eigentlich, Miss ... Miss ... Wie peinlich. Ich kam absolut nicht auf ihren Namen.

Also, wer ist der Kleine? Sie haben ihm ganz schön Angst eingejagt.

Ich? Machen Sie sich nicht lächerlich. Er ist mein Enkel. Sag guten Tag, Emanuel, mach nicht so ein Theater.

Emanuel schiebt seine Hand in meine Tasche, um sich a bissele fester an mich zu klammern. Wirst du jetzt wohl den Mund aufmachen, kleiner Racker, ja oder nein?

Ihr Enkel?, fragt sie. Wirklich, Iz, Ihr Enkel? Was meinen Sie mit »mein Enkel«?

Emanuel macht die Augen fest zu. Haben Sie schon mal Kinder gesehen, die ganz durcheinander waren? Die wollen nichts mehr hören, die kneifen fest die Augen zu. Viele Kinder machen das.

Hör mal, Emanuel, ich finde, du solltest der Lady erzählen, wer der dollste Schlauberger im Kindergarten ist.

Kein Wort.

Verflucht und zugenäht, mach jetzt die Augen auf. Das ist seine neueste Masche. Sag ihr, wer der dollste Schlauberger ist – grad mal fünf war der und konnte schon allein ein ganzes Buch lesen.

Er steht bloß da. Er denkt nach. Ich weiß, was ihm durch sein niedliches Köpfchen geht. Da hüpft er plötzlich in die Luft, hüpft und hüpft und schreit: Ich, ich, ich! Er führt ein Tänzchen auf. Seine Oma nennt das seinen Schlaubergertanz. Meine anderen (drei Kinder, alle schon eine ganze Zeit groß) waren auch sehr schlau, aber diesem Bürschchen reicht keiner von denen das Wasser. Sobald ich eine Möglichkeit dazu kriege, werde ich ihn in die Stadt zur Hunter für hochbegabte Kinder bringen. Er sollte mal getestet werden.

Aber diese Miss … Miss … sie ist mit uns noch nicht fertig. Sie ist besorgt. Wessen Kind ist er? Haben Sie ihn adoptiert?

Adoptiert? In meinem Alter? Er ist der Sohn von Cissy. Kennen Sie meine Cissy? Ich merke, dass ihr ein Licht aufgeht. Wieso auch nicht. Ich war Geschäftsmann, stand in der Öffentlichkeit. Keine Überraschung.

Natürlich erinnere ich mich an Cissy. Als sie das sagt, sieht ihr Gesicht schon gleich etwas glattgebügelter aus.

Also meine Cissy, wenn Sie sich erinnern, die war ein nervöses junges Ding.

Jede Wette.

Ist das nett, so zu antworten? Cissy war wirklich nervös … Um ehrlich zu sein, ging die Nervosität in Mrs. Z.s Familie um. Ging? Galoppierte … tadapp, tadapp, tadapp.

Als wir jung waren, bin ich oft drüben zu Besuch gewesen, und während ich und ihr Bruder und ihre Onkel Pinochle spielten, saßen die drei Tanten immer in der Küche und tranken Tee. Zu allem hieß es oj! oj! oj! Wieso? Es gab keinerlei Anlass für Oj. Sie hatten Ehemänner … vollkommene Gentlemen. Einer mit Geschäft, die zwei anderen echte Fachkräfte. Hatten sich das einfach irgendwie angewöhnt. Also sagte ich zu Mrs. Z.: Ein Oj aus deinem Mund, und es heißt Scheidung.

Ich erinnere mich sehr gut an Ihre Frau, sagt da diese Lady. *Sehr* gut. Sie setzt dasselbe Gesicht wie vorher auf – ihr Mund ganz schmal. Ihre Gattin ist wirklich eine bildschöne Frau.

Tja … hätte ich eine Promenadenmischung geheiratet?

Nur hatte sie ja recht. Meine Nettie, die hatte ganz helles Haar, als sie jung war, wie man das bei polnischen Juden ja ab und zu mal sieht. Als hätte zum Beispiel etwa irgendein großer blonder Bauer an ihrer Uroma ein Pogrom verübt.

O ja, antworte ich ihr also, sehr hübsch, selbst jetzt ist sie gar nicht so übel, nur ein klein bissele miesepetrig ist sie eben.

Okay, sie seufzt sehr tief, als wär ich ein hoffnungsloser Fall. Was ist mit Cissy passiert?

Emanuel, geh da rüber und spiel mit diesen Kindern. Nein? Nein.

Schön, ich sage Ihnen, es sind die Gene. Die Gene sind das Allerwichtigste. Die Umwelt, schön und gut. Aber die Gene … da und nirgends sonst steht die ganze Geschichte geschrieben. Bestimmt hatte die Schule auch was damit zu tun. Sie ist eher ein Künstlertyp, so wie Ihr Mann. Hab ich da den richtigen Burschen im Kopf? Sie hätten die mal sehen sollen, als sie ein Kind war. Jetzt ist sie ein hübsches Mädchen, auch bei einem Anfall. Aber damals war sie eine Wucht. Im Sommer fuhr die Familie immer in die Berge. Wir gingen tanzen, sie und ich. Was für eine Tänzerin. Die Leute waren baff. Manchmal haben wir bis zwei Uhr in der Früh getanzt.

Ich glaube nicht, dass das so gut war, sagt sie. Mit meinem Sohn würde ich nicht die ganze Nacht tanzen …

Natürlich nicht, als Mutter. Aber »gut«, wer weiß schon, was gut ist? Vielleicht ein Arzt. Übrigens hätte ich Arzt werden können. Ihr Schwager, der Geschäftsmann, hätte mir geholfen. Nur wie dann weiter? Man hat keine Zeit mehr. Tag und Nacht rufen dich Leute an. Ich habe an einem Tag mehr Leute gesund gekriegt als ein Arzt in einer ganzen Woche. So mancher Herr Doktor rief mich an, fragte: Zagrowsky, wirkt es … dieses Parke-Davis-Medikament, das die letzten Monat rausgebracht haben, oder ist das Mumpitz? Ich habe Erfahrung aus erster Hand und bin nicht zu eingebildet, das zuzugeben.

Oh Iz, doch, das sind Sie, sagte sie. So wie sie's sagt, klingt es, als meint sie es auch, aber es macht sie traurig. Woran ich das erkenne? Jahre in einem Laden. Man beobachtet. Man sieht hin. Der Kunde hat immer recht, aber zig Male weißt du, dass er im Unrecht ist und außerdem ein gottverfluchter Schmock.

Mit einem Mal wusste ich, wohin mit ihr. Und da fragte ich mich: Iz, wieso stehst du hier mit dieser Frau?

Ich sah ihr in die Augen und sagte: Faith? Richtig? Hören Sie. Hören Sie mir jetzt zu, ich habe nämlich eine Frage. Ist es wahr, egal zu welcher Zeit Sie anriefen, sogar wenn ich am Zumachen war, dass ich später noch mit dem Penicillin oder dem Tetracyclin zu Ihnen kam? Sie wohnten im dritten, ohne Aufzug. Nebenan, Ihre Freundin mit den drei Gören, wie-hieß-die-noch, Susan? Ich seh's noch ganz deutlich vor mir. Ihr Gesicht ist vom Weinen ganz verschmiert, Ihr Kleiner hat 40 Fieber, vielleicht sogar mehr, er verglüht regelrecht, schreiend im Gitterbettchen wollten Sie ihn nicht alleinlassen, Sie stehen im Flur, es ist dunkel. Sie wohnten allein, stimmt's? So jung. Auch Ihr Mann, fällt mir wieder ein, immer auf dem Sprung, rein und raus, die ganze Nacht am Rumlaufen. Ob er trank? Jede Wette. Ire? Bestimmt ging das nicht lang gut, also Scheidung. Sehr einfach. Ihr jungen Leute wusstet, wie's geht.

Sie antwortet mir nicht mal. Sie sagt ... Wollen Sie wissen, was sie sagt? Oh Scheiße!, sagt sie. Und dann: Natürlich erinnere ich mich. Gott, wie krank mein Richie war! Danke, sagt sie, danke, Herr im Himmel, danke.

Ich war mit den Gedanken schon woanders: Der Kopf führt ja ein Eigenleben. Als sie zuerst auf mich zukam, fiel es mir partout nicht ein. Ich kannte sie, gut sogar, nur woher? Dann aus dem Nirgendwo – ein Wort, vielleicht ihr Rechthaberinnengesicht, ausgesprochen rund, was ja nicht oft vorkommt, ihre dunkle Woh-

nung, die vier Treppen, die anderen Mädchen – alle mal
quietschfidel, jung ... Wenn die Sonne schien, konnte
man sie rumlaufen sehen, mit ein paar Kleinen im
Schlepp, einem Kinderwagen, einem Rad, bildschöne
Dinger, nur müde von dem langen Tag, meistens geschieden, gingen sie allein nach Hause? Hatten sie einen
Freund? Wer weiß, wie die so leben? Ich hatte viel für
sie übrig. Manchmal, da stand ich um fünf in der Tür,
um sie mir anzusehen. Die meisten sahen so aus, wie
Fotomodelle in Wirklichkeit sein sollten. Nicht bloß
Haut und Knochen, meine ich – schön rundlich, als
wären sie aus kleinen Kissen und größeren Kissen gemacht, je nachdem, wo man hinguckte ... junge Mütter
eben. Ich rief ihnen ein paar Worte zu, sie riefen zurück.
Besonders erinnere ich mich an ihre Freundin Ruthy –
die hatte zwei kleine Mädchen mit langen schwarzen
Zöpfen, bis hier runter. In ein paar Jahren, Ruthy, da
werden Sie an jeder Hand eine Schönheit haben, sagte
ich zu ihr. Besser, Sie behalten die im Auge. Seinerzeit
antworteten einem die Frauen noch stets liebenswürdig, ohne Angst zu lächeln. Etwa so: Meinen Sie wirklich? Danke, Iz.

Aber das ist alles Schnee von gestern, und hier wie da
gibt es Gutes wie Schlechtes, doch was *diese* spezielle
Lady angeht, ist der Hauptpunkt der: Ich habe ihr Gutes
getan, aber zu mir war sie nicht immer so gut.

Also standen wir etwas in der Gegend rum. Opa, sagt
Emanuel, lass uns zu den Schaukeln gehen. Geh allein –

ist ja nicht weit, da sind Kinder, ich seh sie. Nein, sagt er und stopft seine Hand wieder in meine Tasche. Dann geh also nicht… Ach ja, was für ein Tag, sagte ich. Überall blüht's. Das da drüben ist ein Trompetenbaum, sagt sie. Nicht Ihr Ernst!, sage ich. Und da, der völlig ohne Blätter, wie sagen Sie zu dem? Robinie, sagt sie. Zwei Robinien, sage ich.

Dann hole ich tief Luft. Okay … Sie hören noch zu? Eins würd ich gern wissen: Wenn ich mit vielem so gut zu Ihnen war und wenn dazugehört, dass ich Ihrem Baby das Leben gerettet hab, wieso haben Sie *das* dann gemacht? Sie wissen, wovon ich rede. Ein ganz normaler schöner Tag. Ich blicke aus dem Apothekenfenster und sehe vier Kundinnen, von denen schon mindestens zwei mitten in der Nacht im Bademantel vor mir standen und flehten: Hilfe, Hilfe! Sie stehen draußen und haben Schilder. ZAGROWSKY IST EIN RASSIST. JAHRE NACH ROSA PARKS WEIGERT SICH ZAGROWSKY SCHWARZE ZU BEDIENEN. Es ist wie eingraviert, genau *hier*. Ich zeige ihr, wo mein Herz sitzt. Ich weiß genau, wo es ist.

Natürlich ist es ihr unangenehm, als ich das zu ihr sage. Hören Sie, sagt sie, wir hatten recht.

Ich greife mir Emanuel. Sie?

Ja, wir schrieben zuerst einen Brief, haben Sie den beantwortet? Zagrowsky, hieß es darin, kommen Sie zur Vernunft. Ruthy hat ihn geschrieben. Wir möchten mit Ihnen reden, schrieben wir. Und wir haben Sie auf die Probe gestellt. Mindestens vier Mal haben Sie Mrs. Green und Josie, unsere Freundin Josie, die so was war wie eine Latino-Schwarze – sie wohnte in unserem Haus im Parterre –, so lange warten lassen, bis alle anderen vor ihnen drangekommen waren. Dann waren Sie auch noch sehr grob, ich meine unverschämt, Sie können extrem unverschämt sein, Iz. Und dann verließ Josie den Laden, ein paar ziemlich üble Schimpfwörter hat sie Ihnen an den Kopf geworfen. Wissen Sie noch?

Nein, weiß ich zufällig nicht mehr. Es gab jede Menge Geschrei in dem Laden. Leute mit *wirklichen* Leiden kamen rein und schrien nach Codein oder was sie machen sollten, ihre Mutter lag im Sterben. Daran erinnere ich mich gut, aber nicht an so eine meschuggene, rumbrüllende Latina.

Hören Sie doch, sagt sie – als ob mir das nicht alles vor Augen steht, als ob das Vergangene bloß ein Stück Papier im Hof wäre –, Sie waren mit Cissy noch gar nicht fertig.

Fertig? Um ein Haar haben *Sie* mein Geschäft fertiggemacht, und glauben Sie nicht, dass Cissy mir das nicht vorgehalten hätte. Später, als sie so krank war.

Dann dachte ich: Wieso unterhältst du dich eigentlich mit dieser Frau? Ich sehe mich selber, wie ich an diesem Tag (vor wie vielen Jahren?) wie ein Idiot hinter dem Tresen stehe und auf Kunden warte. Jeder guckt zwischen den Boykottposten durch zu mir rein. Es ist so ein Viertel, wenn die da eine Boykottpostenreihe sehen, kommt die Hälfte nicht rein. Die Cops sagen, die dürfen das. Das Geschäft von einem kaputtmachen. Es ging mir gewaltig gegen den Strich, trotzdem bin ich raus auf die Straße. Immerhin kannte ich die Ladys ja. Ich wollte es ihnen erklären, Faith, Ruthy, Mrs. Kratt – wenn jemand Fremdes in den Laden kommt, natürlich muss man da die angestammten Kunden zuerst bedienen. Jeder würde das so machen. Außerdem – die haben Schwarze hergeschickt, Braune, alle möglichen Farben, und ehrlich gesagt gefällt mir die Vorstellung gar nicht, meine Apotheke könnte in den Ruf kommen, ein Schnäppchenparadies für die zu sein. Die ziehen einfach in ein Viertel … Ich hab nur gemacht, was jeder gemacht hat. Die Leute nicht unnötig verletzen, aber sie a bissele entmutigen – sie sollten sich nicht ganz so willkommen fühlen. Die konnten ja erst herziehen, weil es eine nette Gegend ist.

Aber gut. Wenn jemand meinen Emanuel anguckt und sagt: Hey! Der ist aber nicht grad in Milch gefallen, was ist denn da los? Dann sag ich Ihnen was: Das Leben ist los. Sie haben eine Meinung. Ich habe eine Meinung. Das Leben, das hat keine Meinung.

Ich ließ sie stehen, diese felsenfest überzeugte Faith. In ihrer Nähe hielt ich's nicht aus. Ich setzte mich auf die Bank. Ich bin kein junger Gockel mehr. Kikeriki krähe ich bloß noch ab und zu. Ich bin müde, meistens bin ich es, der auf unseren Emanuel aufpasst. Mrs. Z. bleibt daheim, ihre Beine schwellen an. Es ist eine Schande.

Einmal konnte sie in der U-Bahn nicht an der richtigen Station raus. Die Türen gehen auf, und sie kommt nicht hoch. Sie hat es versucht (hat a bissele Übergewicht). Sie sagt zu einem großen Typen mit einem Schulheft, einem großen farbigen Burschen: Bitte helfen Sie mir auf. Sagt er zu ihr: Dreihundert Jahre habt ihr mich unten gehalten, da bleiben Sie mal schön zehn Minuten unten sitzen. Nettie, fragte ich sie, hast du ihm denn nicht gesagt, dass wir einen kleinen Jungen großziehen, der braun ist wie eine Kaffeebohne? Er hat aber doch recht, sagt Nettie, haben wir gemacht: Wir haben sie unten gehalten.

Wir? Wir? Meine beiden Schwestern und mein Vater, die wurden Hitler 1944 zum Abendessen gebraten, und du sagst wir?

Nettie setzt sich. Bitte bring mir etwas Tee. Ja, Iz, ich sage: *wir*.

Ich kann nicht mal das Wasser aufsetzen, so wütend bin ich. Du weißt, meine Mrs., dass du durch den Wind bist wie deine drei Tanten, durch den Wind wie unsere Cissy. Deiner ganzen Familie steckt das in den Genen, damit bloß ja nichts aus ihr werden kann. Nettie sieht mich an. Eieiei, sagt sie. Sie sagt nicht mehr oj. Sie hat sich zum Eieiei hinüberassimiliert ... Deswegen sagt sie auch, »wir« hätten das gemacht. Glaub ja nicht, dass eine Amerikanerin aus dir wird, sagte ich zu ihr, wenn du dich zu Robert E. Lee dazumogelst. Das war natürlich ein Witz, nur was ist daran lustig?

Ich bin jetzt müde, jawohl. Sogar diese Faith konnte sehen, dass ich a bissele zittrig bin. Was sollte sie machen, überlegt sie. Aber beschließt dann, dass noch nicht Schluss ist mit Diskutieren und setzt sich also, ans Ende. Die Bank ist feucht. Es ist erst April.

Was ist mit Cissy? Geht es ihr gut?

Geht Sie nichts an, wie es ihr geht.

Na gut. Sie will gehen.

Moment, Moment! Seit ich Sie ein paarmal in Ihrem Nachthemd gesehen habe, als Sie noch eine ansehnliche junge Frau waren … Diesmal steht sie wirklich auf. Die muss eine Emanze sein, denke ich bei mir, die mögen keine Bemerkungen über Nachthemden. Bademäntel fand sie in Ordnung. Soll sie gehen! Am besten zum Teufel … aber sie dreht um. Ein für alle Mal, Iz, sagt sie, hören Sie damit auf! Ich will es *wirklich* wissen: Geht es Cissy gut?

Was Sie alles wollen. Es geht ihr gut. Sie wohnt bei mir und Nettie. Sie sieht nach den Pflanzen. Ist eine Ganztagsbeschäftigung.

Aber wieso sollte ich sie so einfach davonkommen lassen. Oh Mann, Faith, ich muss das mal sagen dürfen, was ihr mir eingebrockt habt! Und Sie wollen wissen, wie es Cissy geht. Ausgerechnet Sie! Wieso? Klar. Sie werden noch wissen, dass nach ein oder zwei Wochen Schluss war mit den Boykottposten. Wieso, weiß ich nicht. Wart ihr es müde? Vielleicht lag es am Sommer, ihr musstet weg, am Strand für Ärger sorgen. Aber ich sitze da fest. Hatte ich da schon die Klimaanlage? Auf einmal sehe ich Cissy draußen. Auch sie hat ein Schild. Ihr Frauen müsst sie auf die Idee gebracht haben. Zwei große Tafeln, eine vorn, eine hinten, so geht sie hin und her. Wenn sie angesprochen wird, presst sie die Lippen zusammen.

Das weiß ich nicht mehr, sagt Faith.

Natürlich nicht, da waren Sie längst auf Long Island oder Cape Cod oder sonst wo – an der Küste von Jersey.

Nein, sagt sie, war ich nicht. War ich nicht. (Ihr zu unterstellen, sie fährt im Sommer weg, ist eine schwere Kränkung für sie, verstehe.)

Ganz ruhig, Zagrowsky, dachte ich dann. In Wahrheit wollte ich nämlich gar nicht, dass sie geht, hab ich nämlich mit dem Erzählen erst angefangen, muss ich auch die ganze Geschichte erzählen. Ich kehr nicht gern was unter den Teppich. Erzählen! Das löst die innere Verstopfung a bissele – die Lunge, ist kein Geheimnis, die ist zum Atmen da. Meine Frau erzählt nie etwas, sie hustet und hustet. Die ganze Nacht. Wacht auf. Eieiei, Iz, mach das Fenster auf, hier ist ja keine Luft. Du arme Frau. Wenn du atmen willst, erzähl halt was.

Also sagte ich zu dieser Faith: Ich werd Ihnen erzählen, wie es Cissy geht, aber nur, wenn Sie sich unsere ganze Leidensgeschichte anhören. Na schön, dachte ich. Wen juckt's. Soll sie später die anderen Mädchen anrufen. Die sollen ruhig wissen, was sie angerichtet haben.

Wie wir unsere Cissy von hier nach dort bis zum größten Doktor gefahren haben – durch die Apotheke hatte ich gute Beziehungen. Dr. Francis O'Connel, der bullige Ire drüben im Krankenhaus, setzte sich zwei Stunden lang mit mir und Mrs. Z. hin, so ein vielbeschäftigter Mann. Wir haben es mit einem der allergrößten Rätsel zu tun, erklärte er uns. Sie waren allesamt ratlos, die brillantesten Ärzte waren auf diesem Gebiet Hornochsen. Aber gut, im Laden kam mir ja von diesem oder jenem Heilmittel zu Ohren. Also ließen wir sie fünfzigmal von Kopf bis Fuß massieren, oder was immer uns einer vorschlug. Mit Vitaminen und Mineralien stopften wir sie voll – dafür hatte sich ein echter Arzt starkgemacht.

Das heißt, wenn sie die Vitamine nahm – manchmal machte sie einfach den Mund zu. Zu ihrer Mutter sagte sie unanständige Wörter. Wir kannten das nicht. Währenddessen geht sie jeden Morgen vor meinem Laden auf und ab. Mindestlohn hätte sie kriegen können, so zuverlässig war sie. Am Nachmittag macht sie es sich zur Aufgabe, meiner Frau von einer Ecke zur nächsten nachzulaufen und ihr vorzuhalten, was ihr meine Frau alles angetan hat, als sie ein Kind war. Aus heiterem Himmel fängt sie dann nach ein paar Monaten zu singen an. Sie hat eine wunderschöne Stimme. Nahm Stunden bei einem bekannten Menschen. In der Weihnachtswoche singt sie vor der Apotheke den halben *Messias* von Händel. Kennen Sie? Ist doch sehr schön, denken

Sie. Oh ja, wunderschön. Nur wo bitte waren Sie, dass Sie nicht gemerkt haben, dass sie gar keinen Mantel anhat, hm? Haben Sie sie nicht hin und her laufen sehen, ihre Socken, wie die runterrutschen? Mit einem Gesicht und mit Händen, als würde sie sich wie ein Hausmeister im Keller zu schaffen machen. Aber sie singt! Sie singt! Zwei Lieder singt sie besonders gern: Eins ist über die Heiden, die das Licht sehen werden, und das andere geht: Siehe, eine Jungfrau wird gebären einen Sohn. Klar, sagt meine Frau, natürlich, so wie jede andere Frau wär sie gern verheiratet. Quatsch mit Soße. Hätt sie ja haben können. Hatte haufenweise Verehrer. Sie singt, und die Idioten klatschen, irgendein Mistkerl schreit: Weiter, Cissy, weiter! Hä? Wohin weiter? An anderen Tagen brüllt sie nur.

Brüllt was?

Oh, ich hab Sie ganz vergessen. Brüllt irgendwas. Brüllt: Rassist! Brüllt: Er verkauft giftigen Chemiekram! Brüllt: Er ist ein furchtbarer Tänzer, er hat drei linke Beine! (Was nicht wahr ist – bloß um mich öffentlich zu beleidigen, einfach albern.) Die Leute lachen. Was hat die gesagt? Einige hörten nicht so gut. Du gehst zu Huren, brüllt sie. Auch nicht wahr. Einmal, gut, da hat sie mich mit einer Frau gesehen, aber die war in Wahrheit eine entfernte Verwandte aus Israel. Ist alles nur in ihrem Kopf. Der reinste Müllkübel.

Eines Tages sagt ihre Mutter zu ihr: Cissile, Liebes, kämm dir die Haare, Herrgott noch mal. Für diese Bemerkung verpasst sie ihrer Mutter einen Hieb ins Gesicht. Als ich nach Hause komme, sehe ich eine Frau, die ist alles andere als jung und hat zwei blaue Augen und eine blutige Nase. Eh es besser wird mit Ihrer Tochter, muss es erst noch schlimmer werden, sagt der Arzt. So viel wusste der. Er schickte uns zu einem wunderschönen Ort gleich am Stadtrand – bin mir nicht sicher, ob das Westchester ist oder die Bronx, aber Gott sei Dank, man konnte die U-Bahn nehmen. Und so fand ich dann raus, wofür ich mein Geld gespart habe. Ich dachte immer für den Lebensabend in Florida, um da mitten in der Woche unter den Palmen rumzuspazieren. Falsch. Der Grund war meine bildhübsche Cissy, ein schönes Zuhause bei den anderen Meschuggenen sollte sie haben.

So nach und nach wird sie ruhiger. Wir können sie besuchen. Sie zeigt uns den Süßigkeitenladen, wir geben ihr ein paar Dollar … so läuft unser Leben bald. Dreimal die Woche fährt meine Frau, setzt sich in die U-Bahn mit leckeren Sachen (kein Zucker, die sind gegen Zucker), bringt ihr was Nettes mit, eine Bluse oder ein Tuch – ein Geschenk, verstehen Sie, um ihr zu zeigen, man hat sie lieb, und einmal die Woche fahr ich, aber mich will sie nicht angucken. So nah waren wir uns, wie Verliebte – Sie können sich vorstellen, wie ich mich fühle. Na ja, Sie haben Kinder, da wissen Sie Bescheid: Kleine Kinder, kleine Sorgen – große Kinder, große Sorgen … so lautet ein Sprichwort auf Jiddisch.

Vielleicht haben das auch schon die Chinesen so gesagt.

Oh, Iz. Wie konnte so was passieren? So plötzlich.
Ohne Vorwarnung?

Was hat diese Faith? Lauter Tränen in den Augen.
Nah am Wasser gebaut, nehm ich an. Ich weiß schon,
was sie denkt. Ihre Kinder sind Teenager. So weit scheinen sie in Ordnung, aber wer weiß das schon? Die
Leute denken immer zuerst an sich selber. So ist der
Mensch. Wenigstens erzählt sie mir nicht, dass meine
Frau oder ich daran schuld sind. Was habe ich Schreckliches getan! Ich habe mein Kind geliebt. Aber ich weiß,
was den Leuten durch den Kopf geht. Ich bin in Psy-
chologie bestens bewandert. Seit das mit uns passiert
ist, hab ich alles von dem Zeug gelesen.

Oh, Iz …

Sie legt eine Hand auf mein Knie. Ich gucke sie an.
Vielleicht ist sie bloß eine verrückte Nudel. Vielleicht
hält sie mich einfach für alt (bin ich ja fast). Tja, wie
schon gesagt. Gott sei Dank für den Kopf. Dadrin im
Kopf ist der einzige Ort, wo man jung sein kann, wenn
sich das übliche Körperteil abgenutzt hat. Aus irgendeinem Grund gibt sie mir einen Kuss auf die Wange.
Eine seltsame Person.

Faith, ich begreife einfach nicht, wieso ihr Mädchen
so mies zu mir wart.

Aber wir hatten recht.

Daraufhin hält die erlauchte Königin des Richtigen

einen kleinen Vortrag. Sie geruht nicht mehr zu wissen, wie meine Cissy hin und her lief und schlimme Sachen dabei schrie, aber weiß noch: Kaum sei Mrs. Kendricks' großes fettes rotzfreches Dienstmädchen mit dem bestellten Antiallergikum für Kendricks draußen gewesen, da hätte ich das Gesicht verzogen und gesagt: Ho, ho! Die große Dame! Ist das schrecklich? Sobald auf der Straße ein Paar vorbeigekommen sei, sagt sie, ein schwarz-weißes Paar, da hätte ich gesagt: Igitt, wie widerlich! Das sollte nicht erlaubt sein! Diese Bemerkung hätte sie einige Male von mir gehört. Na und? Ist schließlich Geschmackssache. Dann erzählt sie mir wieder von dieser Josie, die vermutlich aus Puerto Rico ist – und die ich nicht bedient hätte, als sie dran war. Dann sagt sie: Tja ja, und überhaupt, Iz – was ist mit Emanuel?

Sehen Sie Emanuel ja nicht so an, sagte ich. Unterstehen Sie sich. Er hat damit nichts zu tun.

Ein paarmal rollt sie mit den Augen, rollt und rollt und rollt. Sie will noch mehr loswerden. Auch mag sie's nicht, wie ich mit Frauen rede. Sie sagt, ich hätte Mrs. Z. ein paarmal schon Grizzlybär genannt. Sie ist meine Frau, oder nicht? Dass ich den Mädchen zugeblinzelt und zugezwinkert hätte, einige sogar gekniffen. Glatt gelogen … Kann sein, dass ich mal einen Klaps gegeben habe, aber gekniffen hab ich nie und nimmer. Außerdem steht ja wohl fest, dass es der einen oder anderen gefallen hat. Nein, sagt sie. Keine mochte es. Nicht eine. Sie haben's sich bloß gefallen lassen, weil die Geschichte noch nicht so weit war, dass es Zeit für einen Aufschrei gewesen wäre. (Ein in Amerika geborenes Mädchen hat die Stirn, von Geschichte zu reden.)

Aber, sagt sie, vergessen Sie das alles, Iz. Tut mir leid, dass Sie jetzt solche Probleme haben. Es tut ihr wirklich leid. Aber einen Moment später ändert sie ihre Meinung. So leid nun auch wieder nicht. Sie nimmt ihre Hand weg. Ihr Mund formt ein kleines O.

Emanuel klettert auf meinen Schoß. Er tatscht mir ins Gesicht. Sei nicht traurig, Opa, sagt er. Er hält es nicht aus, wenn er bei irgendwem eine Träne im Gesicht entdeckt. Sogar bei Fremden nicht. Wenn seine Mama einen finsteren Ausdruck bekommt, ist er so schlau, einfach nicht mehr zu ihr hinzugehen. Dann kommt er zu meiner Frau. Oma, sagt er, meine arme Mama ist sehr traurig. Meine Frau springt auf und hastet hinein. Besorgt. Verängstigt. Hat Cissy ihre Pillen genommen? Was ist mit ihr? Einmal ging er hin zu Cissy und sagte: Mama, wieso weinst du? Ihre Antwort für einen kleinen Jungen sieht so aus: Sie stellt sich aufrecht hin und fängt an, ihren Kopf gegen die Wand zu schlagen. Mit Wucht.

Meine Mama!, schreit er. Zum Glück war ich zu Hause. Seit damals geht er mit seinen Sorgen schnurstracks zu seiner Oma. Wie soll das weitergehen? Wir sind ja nicht mehr die Jüngsten. Meinem Ältesten geht es ausgesprochen gut – nur wohnt er in einer sehr guten Gegend in Rockland County. Unser anderer Junge – na ja, der hat sein eigenes Leben, der ist aus dieser Generation. Er ist weggezogen.

Sie sieht mich an, diese Faith. Sie bringt kein Wort raus. Sitzt bloß da. Beinah öffnet sie den Mund. Ich weiß genau, was sie wissen will. Wie ist Emanuel in die Geschichte reingeraten? Und wann?

Genau diese Worte sagt sie dann zu mir. Also, wie passt Emanuel da hinein?

Er passt, er passt. Wie ein goldenes Geschenk von Nasser.

Nasser?

Na gut, Ägypten, nicht Nasser – er ist von Isaaks anderem Sohn, kapiert? Ein naher Verwandter. Eines Tages, da saß ich so da und dachte: Wieso? Wieso? Die Antwort: um uns zu erinnern. Das meiste dient ja diesem Zweck.

Es war Abraham, unterbricht sie mich. Der hatte zwei Söhne, Isaak und Ismael. Gott verkündete ihm, er würde der Vater von Generationen werden – und so kam es. Aber wissen Sie, sagte sie, so ein richtig guter Vater war er diesen beiden kleinen Jungs nicht. Gar nicht so ungewöhnlich, musste sie noch anfügen.

Sehen Sie! Das machen die aus der Bibel, diese Frauen: weil sie Männer auf dem Kieker haben. Natürlich meinte ich Abraham. Abraham. Sagte ich Isaak? Ab und zu, muss ich zugeben, sagt sie ja mal was Wahres. Erinnert man sich dran, den einen Sohn hat er ganz aus dem Haus geschickt, den anderen war er bereit in Stücke zu hacken, wenn da in seinem Kopf nur der leiseste Laut sagte: Los! Hack!

Aber die Frage ist ja: Wie passte Emanuel da hinein. Machte mir nichts aus, es zu erzählen. Ich wollte erzählen. Hab ich ja schon erklärt.

So hat es angefangen. Eines Tages geht meine Frau zur Verwaltung von Cissys Klinik und sagt: Was für ein Haus betreiben Sie hier eigentlich. Ich hab mir grad mal meine Tochter angesehen. Das könnte beinahe ein Blinder sehen. Meine Tochter ist schwanger. Was findet denn hier nachts statt? Wer ist die Stationsleiterin? Wo ist die jetzt gerade?

Schwanger?, fragen die, als hätten sie davon nie gehört. Und sie rennen umher, und der diensthabende Arzt kommt und sagt: Ja, schwanger. Stimmt. Haben Sie sonst noch Neuigkeiten?, sagt meine Frau. Und dann: Treffen mit dem wöchentlichen Psychiater, dem täglichen Psychologen, dem Nervenarzt, dem Sozialarbeiter, der Oberschwester, der Schwesternhelferin. Cissy weiß Bescheid, sagt meine Frau. Sie ist ja keine Idiotin, bloß durch den Wind und niedergeschlagen. Sie weiß, dass sie ein Kind in ihrem Bauch hat, in ihrem Innern, wie eine normale Frau. Es gefällt ihr, sagt meine Frau. Mama, ich bekomme ein Kind, sagte sie sogar zu ihr und gab meiner Frau einen Kuss. Den ersten Kuss nach Jahren. Wie finden Sie das?

In der Zwischenzeit forschten sie gründlich nach. Wie sich herausstellt, ist der Mann ein Farbiger. Einer der Gärtner. Allerdings zog er vor ein paar Monaten an die Küste. Ich konnte mir vorstellen, was passiert war. Cissy liebte Blumen schon immer. Als sie ein kleines Mädchen war, pflanzte sie in jeder freien Minute Samen ein und saß dann den ganzen Tag vor dem Blumentopf, um nicht zu verpassen, wie die kleine Blume den Samen sprengte. So wird sie auch ihn beobachtet und beobachtet haben. Er grub die Erde um. Er steckte Samen hinein. Sie beobachtet ihn.

Das Büro entschuldigte sich. Entschuldigte sich? Ein Versehen. Die Stationsleiterin sei in jener Woche im Urlaub gewesen. Ich hätte die Klinik auf eine Million Dollar verklagen können. Glauben Sie nicht, ich hätte nicht mit einem Anwalt gesprochen. Damals, zu der Zeit, als ich das erfuhr, gab ich einem Detektivbüro den Auftrag, ihn zu finden. Ich hatte vor, ihn umzubringen. Ich würde ihn vierteilen. Was nun. Sie trommelten alle erneut zusammen. Den Psychiater, den Psychologen, nur die Schwesternhelferin verschonten sie.

Ihre einzige Hoffnung auf ein halbwegs normales Leben liege außerhalb einer Anstalt: Sie müsse dieses Baby bekommen, austragen könne sie es ja. Nein, sagte ich, ich ertrage das nicht. Ich weigere mich. Aus meiner Cissy, die wie ein Stück Gold aussah, würde ein schwarzes Kind kommen. Seien Sie nicht so engstirnig, sagte der Psychologe. Was für eine Frechheit! Nach und nach knobelte meine Frau einen guten Plan aus. In Ordnung, also, wir werden es zur Adoption freigeben. Cissy muss es nicht mal zu Gesicht kriegen.

Sie unterliegen leider einem Missverständnis, sagte der Chef des Hauses. Die reden nun mal so. Worauf er hinauswollte, war, dass wir dieses Kind mit uns nach Haus nehmen sollten, und falls wir Cissy wirklich liebten … Daraufhin hielt er uns einen langen Vortrag über dieses Baby: Es sei Cissys Verbindung zum Leben. Außerdem sei sie nun mal ganz verrückt gewesen nach diesem Gärtner, diesem Hurensohn, einem schwarzen Mann mit einem grünen Daumen.

Sie sehen, ich kann durchaus einen kleinen Witz reißen, denn gucken Sie sich nur diesen Sonnenschein an. Ich hab hier einen kleinen besten Freund. Wo ich hingehe, da geht er auch hin, sogar wenn ich runter auf die Italienerseite vom Park gehe, um mit den alten Böcken da drüben a bissele Boccia zu spielen. Sie laden mich ein, wenn sie mich im Supermarkt sehen: Hey, Iz! Tony ist krank. Komm auf ein Spiel rüber, okay? Nimm Emanuel mit, sagt meine Frau, er soll ruhig lernen, wie Männer Spiele spielen. Ich nehm ihn mit, diese alten Knacker, die haben ihren Lebtag lang auch schon einiges gesehen. Mich halten die ja für eine Art Gutmensch. Auch von denen sind halt viele Ignoranten. Sie meinen, die Juden sind eh a bissele farbig, drum gucken sie bei ihm nicht zu genau hin. Er geht zu den Schaukeln rüber, und sie tun so, als würden sie ihn gar nicht bemerken.

Ich hatte nicht vor, vom Thema abzulenken. Was ist denn das Thema? Das Thema ist, wie wir zu dem Baby kamen. Meine Frau, Mrs. Z., Nettie, sie hat mich einfach gezwungen. Wir müssen dieses Kind so nehmen, wie es ist, sagte sie. Sonst werde ich hier ausziehen, mit Cissy in eine Sozialwohnung ziehen und von der Wohlfahrt leben. Iz, entscheide dich lieber. Ihr Bruder, ein Obersozialarbeiter, der setzte ihr den Floh ins Ohr. Ich glaube, das ist auch ein Kommunist, so wie der die letzten zwanzig, dreißig Jahre daherredet …

Er sagt: Wirst es überleben, Iz. Ist schließlich ein Baby. Es hat dein Blut. Es sei denn natürlich, du willst, dass Cissy dort verrottet, bis du so arm bist, dass sie sie nicht mehr dabehalten. Dann werden sie sie ins Bellevue stecken oder nach Central Islip oder so. Erst ist sie Zombie, dann ist sie Gemüse. Willst du das etwa, Iz?

Nach dieser Unterhaltung bin ich krank geworden. Ich kann nicht zur Arbeit gehen. In der Zwischenzeit weint Nettie jede Nacht. Morgens zieht sie sich nicht an. Sie läuft mit einem Besen durch die Gegend. Fegt aber nicht. Fängt an zu fegen und bricht in Tränen aus. Stellt einen Topf Suppe auf den Herd, rennt ins Schlafzimmer und legt sich hin. Bald denke ich, ich muss sie auch wegbringen.

Also gebe ich nach.

Das war richtig, Iz, sagt meine Zuhörerin zu mir, Sie haben das Richtige gemacht. Was hätten Sie sonst machen sollen?

Liebend gern würde ich ihr eine scheuern. Ich bin kein gewalttätiger Mensch, nur leicht erregbar. Aber wer hat sie nach ihrer Meinung gefragt? – Richtig, Iz. Sie sitzt da, guckt mich an und nickt, die Rechthaberin in Person. Emanuel ist endlich auf dem Spielplatz. Ich sehe, wie er schaukelt und schaukelt. Er könnte zwei Stunden lang schaukeln. Er liebt das. Er ist ein Schaukler, wie er im Buche steht.

Schön, der üble Teil der Geschichte ist vorbei. Jetzt kommt der gute. Dem Kind einen Namen geben. Wie sollten wir ihn nennen? Kleines braunes Baby. Eine Farbe dazwischen. Was ganz anderes.

Auf der Entbindungsstation, Sie wissen schon, wo die Mütter liegen, mit den neuen Babys, da sagt Nettie: Cissy, Cissile-Schätzchen, mein Herzallerliebstes (so redete meine Frau mit ihr, als wäre sie aus Gold – oder Eierschalen), mein süßestes Mädchen, wie sollten wir es denn nennen, dieses Kindchen?

Cissy ist am Stillen. Auf ihrem weißen Fleisch liegt dieser kleine schwarze Lockenkopf. Cissy sagt auf der Stelle: Emanuel. Augenblicklich. Als ich das höre, sage ich: Lächerlich. Lächerlich, einem kleinen Würmchen so einen langen jüdischen Namen aufzuhalsen. Ich habe alte Onkel, die heißen so. Die nennt man dann alle Manny. Onkel Manny. Aber wieder sagt sie ... Emanuel!

David ist doch nett, schlage ich in freundlichem Ton vor. Ist der deines Opas, möge er in Frieden ruhen.

Michael ist auch nett, sagt meine Frau. Joshua ist sehr schön. Viele Kinder haben ja diese schönen Namen heutzutage. Sind nette, moderne Namen. Man sagt sie gern.

Nein, sagt sie, Emanuel. Dann fängt sie an zu kreischen: Emanuel, Emanuel! Fast hätten wir ihr eine Extradosis Pillen verabreichen müssen. Aber wegen der Milch waren wir vorsichtig. Die Milch konnte Schaden nehmen.

Also gut, brüllte jeder. Also gut! Beruhig dich, Cissy. Also gut: Emanuel. Hol den Geburtsschein. Schreib's rein. Rein damit. Zeig es ihr. Emanuel … Einige Tage später kam der Rabbi. Er zog die Augenbrauen ein paarmal hoch. Dann ging er an die Arbeit, das heißt, er machte die Briss – anders gesagt: eine Beschneidung. Sie wird durchgeführt, damit das Kind im Volk Israel als Mann gilt. So drücken die das aus. Er ist nicht das erste farbige Kind. Man sagte mir, dass vor langer Zeit die meisten von uns dunkel waren. Außerdem, wenn ich so drüber nachdenk, hätte ich nichts dagegen, nach Israel zu gehen. Da gibt es jede Menge schwarze Juden, sagt man. Ist dort überhaupt nichts Besonderes. Dafür könnten sie mal ruhig mehr Reklame machen. Weil ich mir nämlich Gedanken darüber machen muss, wo er leben soll. Vielleicht ist es hier gar nicht so gut für ihn. Weil nämlich mein Sohn, der und seine fantastischen Ideen … ach je, vergessen Sie's.

Was ist mit dem Haus, Ihren Nachbarn, ich meine, wo Sie wohnen? Gibt es dort andere Leute, die schwarz sind?

Aber ja, nur sind die reichlich eingebildet. Fragen Sie mich nicht, worauf die glauben sich was einbilden zu können.

Denn er sollte Freunde von seiner Hautfarbe haben, sagte sie, er sollte in der Schule nicht darunter leiden müssen, der einzige zu sein.

Hören Sie mal, wir leben in New York, nicht in Oshkosh, Wisconsin. Aber wenn sie mal in Fahrt kommt, ist sie nicht zu stoppen.

Schließlich sollte er doch wohl irgendwann seine eigenen Leute kennenlernen, sagt sie. Ihr Leben wird er einmal teilen müssen. Ich weiß, dass Sie damit ein Problem haben, Iz, ich weiß, aber so ist es nun mal. Eine Freundin von mir ist in derselben Situation in ein besser integriertes Viertel gezogen.

Wirklich wahr?, frage ich. Wohin denn?

Ach, wissen Sie, es gibt …

Warten Sie einen Moment, möchte ich zu ihr sagen, wir leben seit fünfunddreißig Jahren in dieser Wohnung. Aber ich kriege den Mund nicht auf. Eine Weile sitze ich bloß ganz still da, denke nach und denke nach … Sei wie ein Hindu, Iz, sage ich mir, so ruhig wie eine Gurke. Aber ich kann nicht anders. Hören Sie, Miss, Miss Faith – tun Sie mir einen Gefallen und belehren Sie mich nicht.

Ich belehre Sie nicht, Iz, es ist nur so, dass …

Fragen Sie nicht ständig nach, sobald ich etwas sage. Schnatter, schnatter. Ist doch wahr. Was nützt das? Wem? Wieso? Nettie hat recht. Es ist unsere Sache. Was weiß sie schon von Emanuels Leben.

Sie wissen überhaupt nichts davon, schrei ich sie an. Stellen Sie Boykottposten auf, los. Aber belehren Sie mich nicht.

Sie steht auf und sieht mich ziemlich erschrocken an. Schön ruhig bleiben, Iz.

Emanuel kommt gelaufen. Er hat mich gehört. Er macht sein kleines Sorgengesicht. Sie streckt eine Hand aus, um ihn zu tätscheln, sein Opa brüllt ja so laut.

Aber ich kann mir das nicht gefallen lassen. Hände weg, brülle ich. Das ist nicht Ihr Kind. Fassen Sie ihn nicht an. Und ich packe ihn an der Schulter und schiebe ihn durch den Park, vorbei am Spielplatz und an dem berühmten großen Bogen. Für kurze Zeit rennt sie mir nach. Dann sieht sie ein paar Freundinnen. Jetzt hat sie was zum Bequatschen. Drei, vier Frauen. Sie bilden einen kleinen Schwarm. Sie schnattern. Sie drehen sich um, gucken her. Eine winkt. Huhu, wie geht's, Iz.

Dieser Park ist voller Lärm. Jeder hat dem Menschen neben sich was mitzuteilen. Da macht einer Musik, dort stehen sie auf dem Kopf oder jonglieren … irgendwer hat sogar ein Piano hergeschleppt, ist das zu fassen, ganz schöner Akt.

Ich hab den Laden vor vier Jahren verkauft. Schaffte die ganze Arbeit nicht mehr. Aber ich wollte Emanuel meine Apotheke zeigen, wie wunderschön es da war, wie sie drei Kindern das College ermöglicht hat, ein paar Leben gerettet – man stell sich das vor: ein einziger Laden!

Dem Jungen zuliebe versuchte ich mich zu beruhigen. Willst du ein Eis, Emanuel? Hier hast du einen Dollar, du Racker. Kauf dir ein Good Humor. Der Mann ist da drüben. Frag nach dem Wechselgeld, nicht vergessen. Ich beuge mich runter, um ihm einen Kuss zu geben. Mir gefällt nicht, dass er mitangehört hat, wie ich eine Frau anschreie, und dass mir immer noch die Hand zittert. Er rennt ein paar Stufen hoch, dann guckt er her, um sicherzugehen, dass ich mich keinen Zentimeter bewegt habe.

Auch ich behalt ihn im Auge. Er schwenkt ein Schokoeis am Stiel. Es ist a bissele dunkler als er selber. Aus diesem verrückt gewordenen Haufen Leute kommt ein junger Typ auf mich zu. Er hat ein Baby auf seinem Rücken festgeschnallt. So macht man das jetzt. Als ob das eine ganz normale freundliche Frage wäre, fragt er, indem er auf Emanuel zeigt: Gottchen, was ein niedlicher Bengel – wem seiner ist der? Ich antworte nicht. Er sagt es noch mal: Wirklich ein niedlicher Bengel.

Ich sehe ihm bloß in die Augen. Was will der? Ich soll ihm meine Lebensgeschichte erzählen, ja? Brauch ich nicht. Ich hab bereits erzählt, erzählt, erzählt. Also sagte ich sehr laut – damit mir nicht noch einer komisch kam: Was geht Sie das eigentlich an, Mister? Wofür halten Sie ihn denn, he? Apropos, wessen Kind haben Sie da eigentlich auf dem Rücken? Sieht nicht wie Sie aus.

Hey Mann, Kumpel, bleib cool, bleib cool, sagt er. Ich hab's nicht so gemeint. (Haben Sie in letzter Zeit mal jemanden getroffen, der irgendwas so gemeint hat, wenn er den Mund aufmachte?) Während ich ihn anbrülle, weicht er langsam zurück. Die Frauen stehen in einem kleinen Pulk bei der Statue und schwatzen – eine beachtliche Entfernung, aber zum Glück haben sie Radar. Wie Vögel fahren sie scharf herum und fliegen zu dem Mann herüber. Sie sprechen sehr leise. Wieso belästigen Sie den alten Herrn, hat er nicht schon genug Sorgen? Wieso lassen Sie ihn nicht in Frieden?

Ich habe ihn nicht belästigt, sagt der Typ. Ich hab ihn nur was gefragt.

Tja, er fühlt sich aber von Ihnen belästigt, sagt Faith.

Da fängt ihre Freundin, eine Frau, vielleicht vierzig, sehr wütend, zu brüllen an: Wieso kümmern Sie sich eigentlich nicht um Ihr eigenes Kind, he? Die Kleine weint. Sind Sie taub? Natürlich macht jetzt auch die Dritte eine Bemerkung, will ja nicht außen vor sein. Sie tippt ihm auf die Jacke. Ich hab dich hier schon öfter rumschleichen sehen, Sportsfreund, pass lieber auf. Rückwärts weicht er vor ihnen zurück. Sie schütteln sich die Hände.

Dann kommt diese Faith mit einem breiten Grinsen im Gesicht noch mal zu mir. Ehrlich, sagt sie, manche Leute können einem doch echt auf die Nerven gehen, oder, Iz? Dem haben wir's ordentlich gezeigt, was? Und dann gibt sie mir obendrein noch einen Kuss. Grüßen Sie Cissy schön ... okay? Sie legt die Arme um ihre Kameradinnen. Ein paar Worte gehen hin und her zwischen ihnen, so als würden sie einen Motor anwerfen. Dann brechen sie in Gelächter aus. Sie winken Emanuel zu. Lachen und lachen. Bis bald, Iz ... man sieht sich ...

Ich sage also: Was ist denn da bitte los, Emanuel, könntest du mir mal erklären, was gerade passiert ist? Hast du irgendwo einen Witz gehört? Es ist das erste Mal, dass er mir keine Antwort gibt. Er ist dabei, seinen Namen auf den Gehsteig zu schreiben. EMANUEL. Emanuel in großen Großbuchstaben.

Und die Frauen gehen ohne uns ihrer Wege. Und sie schnattern. Und schnattern.

Der kostspielige Augenblick

Faith erzählte Jack nichts davon.

Gegen zwei ging sie am Nachmittag Nick Hegstraw besuchen, den berühmten Sinologen. Er war nicht auf der ganzen Welt berühmt. Er war berühmt in ihrem Viertel, ihrem und seinem, und den im Norden, Süden und Osten angrenzenden Vierteln. Er studiere China, sagte er, um uns allen die Distanz und das Mysterium zu nehmen. Nur wegen alberner, auf der Stelle veröffentlichter Bemerkungen sei er von wundervollen Besuchen in Chinas neuem grünen Salon ausgeschlossen worden. Manchmal fühle er sich unzureichend informiert. Hunderte von Menschen, die nichts über Han und Datong wüssten, reisten hin, kamen zurück, schrieben Artikel; ein Freund, der vielleicht fünfundsiebzig chinesische Wörter kannte, hatte eine dreistündige Doku gedreht. Gut, manchmal glaube er an den Sozialismus und manchmal eben nur an die späte Tang-Zeit. Es sei schwer, hinter einem Volk und einer Kultur zu stehen, die sich im revolutionären Übergang befänden, wenn man ständig um ihre unersetzbaren und zerbrechlichen Kunstschätze besorgt sein müsse.

Mit einem architektonisch exzellent geplanten Gesicht (jede Fläche optimal genutzt, sagte Jack) war er auffallend gut aussehend – wie Männer es ja hin und wieder sind. Im Baumarkt oder in der Schlange vorm Kino um die Ecke sahen Frauen und Männer ihn an. Nicht mein Typ, sagten sie vielleicht und drehten sich weg, oder: Wo hab ich den schon mal gesehen? Im Fernsehen? In Wahrheit kannten sie ihn vom Gemüsemarkt. Als unverheirateter vegetarischer Sinologe kaufte er beutelweise Brokkoli und wartete mit anderen Hungrigen auf Zuckererbsen aus Kalifornien zu 4 Dollar 79 das Pfund.

Habt ihr was miteinander?, fragte Ruth.

Gott, nein! Ich bin ja so was von monogam, wenn ich monogam bin. Warum lachst du?

Du lügst. Ehrlich, Faith, wieso hast du ihn so ausführlich beschrieben, hm? Machst du doch sonst nicht.

Nur aus Spaß am Reden, Ruthy. Was ist schon dabei? Ist oft genauso gut wie Vögeln. Oder etwa nicht?

Oh Mann, sagte Ruth, wenn das eine so gut ist, muss das andere schlimm sein.

Beim Mittagessen sagte Jack: Also eine chinesische Köchin ist Ruth nicht. Die wickelt Wörter nicht in Frühlingsrollen. Die wirft nicht einen Haufen kaiserlicher Verben und fügsamer Prädikate im Wok zusammen, so wie andere Frauen.

Faith verließ das Zimmer. Eines Tages, sagte sie, werde ich nicht mehr zurückkommen.

Ich finde es aber so schön, wie Jack redet, sagte Ruth. Er ist genauso eine Tratschtante wie wir. Und außerdem ist er der Einzige, der mich noch nach Rachel fragt.

Trau ihm nicht, sagte Faith.

Nachdem Faith die Tür zugeknallt hatte, beschloss Jack, sich eine Pfeife zu kaufen, um abends gedankenversunken rauchen zu können. Er wünschte, er hätte einen neuen Hund oder ein neues Kind oder eine neue Frau. Er hatte nichts von alldem, weil er nur einmal alle zehn Tage an derlei dachte und dann auch nur für ungefähr fünf Minuten. Das Interesse an ständigem Einkaufen oder Liebeswerben war ihm abhandengekommen. Er war ein vielbeschäftigter Mann, der tagsüber in einer rauen Gegend Discountmöbel verkaufte und sich die Nächte um die Ohren schlug mit Lesen Lesen Lesen, Denken Schreiben Klagen über die schlimme Politik, die die Welt zugrunde richtete und ihn die letzten Jahre seines Lebens kostete. Ach komm schon, komm zurück!, rief er. Faith! Wenigstens zum Abendessen.

An diesem bestimmten Nachmittag fragte Nick (der Sinologe): Wie geht es deinen Kindern? Gut, sagte sie. Tonto ist verliebt und Richard ist offiziell der Liga für Revolutionäre Jugend beigetreten.

Ach guck an, sagte Nick. Die LRJ. Auf einem ihrer Treffen habe ich letzte Woche gesprochen. Sie haben mich mit einer halben Pizza beworfen.

Wieso? Was hast du gesagt? Hast du was Schlimmes gesagt? Vielleicht ist das eine altenfeindliche Koalition der Neuen Linken Teigwerfer und Alten Linken Tomatenschmeißer.

Das ist kein Witz, sagte er. Und auch nicht lustig. Und außerdem wollte ich darüber gar nicht reden. Er stehe, sagte er dann, in Opposition zum Großen Sprung nach vorn und der Kulturrevolution. Und drückte das aus, indem er hin und her ging und dabei murmelte: Falsch. Falsch. Falsch.

Faith, die auf seine Empfehlung hin gerade *Fanshen* gelesen hatte, fand beides akzeptabel. Er dagegen zeigte sich besorgt um große Kunst und Literatur, um die Art, wie sie aus den bereits Aufgestiegenen nun aufsteigen sollten. Faith, setz dich, sagte er. Wo waren die bereits Aufgestiegenen heutzutage? Von ihren Schreibmaschinen und Kalligrafiefedern vertrieben durch die Jungen Garden – die wie alle Jungen waren, wild auf einen wilden Traum.

Faith sagte: Vielleicht ist ja grad das Richtige dabei aufzusteigen. Vielleicht brauchen die bereits Aufgestiegenen ja gar nichts weiter. Die hocken einfach da auf ihren Gartenstühlen und würdigen die Kultur derer, die dabei sind aufzusteigen. Vielleicht gefällt ihnen das sogar. Wahrscheinlich ist die schöpferische Arbeit zu schwer, wenn von einem verlangt wird, nur weil man bereits aufgestiegen ist, von früh bis spät zu unterscheiden zwischen gut und schlecht, großartig und gut …

Nick wollte noch nicht mal über ernste Witze lachen. Er beschloss, Faith anhand spöttischer Beispiele zu zeigen, wie sehr sie auf dem Holzweg war. Keins der Beispiele überzeugte sie. Eigentlich schienen sie genau das Gegenteil zu beweisen. Faith fragte sich, ob sein neunmalkluger Verstand nicht hin und wieder einem kümmerlichen Ablagesystem auf den Leim ging.

Hier sind sie jedenfalls:

Auf den Feldern von Shanxi muss der brillante und tuberkulöse John Keats schwer schuften. Die Sonne brennt ihm auf die blasse Haut. Das Wasser, in dem er knöcheltief steht, ist kälter, als es ihm behagt. Die kleinen grünen Triebe sind ihm trotz ihrer hellgrünen Schönheit kein Trost. Er denkt an die vergangene Nacht – diese Mondschönheit etc. Als er zur Kommune zurückkommt, erfährt er, dass sie von der Provinz aufgefordert wurden, Gedichte zu schreiben. Keats ist niedergeschlagen. Er grübelt. Diese Mondschönheit, diese Mondschönheit … Der Chefkommunarde, ein bürgerliches Überbleibsel, fragt ihn: Oh, was nur fehlt dir, blasser Individualist? Er lacht, sagt dann: Entspann dich, Genosse. Überlass dich einfach der Politik. Das macht Keats, und schon bald sagt er und lächelt sein traurig-kluges Lächeln: Ah …

Diese Mondschönheit
*   berührt die Provinz Shanxi*
* im Jahr der Rekordernten*
*   der Landbesitzer ledig*

stehen die Bauern auf den Feldern
  sie reden von diesem und jenem
  und bewundern
den Herbstmond.

Währenddessen befeuchten überall um ihn herum Bauern mit ihrer Zunge die trockenen Bleistiftspitzen.

Faith unterbrach. Sie hoffte, jemand würde ihnen klarmachen, wie gefährlich Blei war. Und die industrielle Verschmutzung.

Herrgott, ja, sagte Nick und fuhr fort. Ein Bauer schreibt:

Das Reisfeld heute Morgen
  sah aus wie das Meer
Bei Flut werden wir
  den Reis ernten
Das verdanken wir Mao Zedong
  dessen Liebe zu den Bauern
das städtische Proletariat ernährt.

Das reicht. Verstehst du's? Ja, sagte Faith. So was Ähnliches, ja? Und sang.

Auf der Landstraße zum Kommunismus
stecken sich die kleinen Kinder
Pflaumenblüten ins Haar und tanzen
auf dem frisch geernteten Weizen

Sie war drauf und dran, sich an ein weiteres Gedicht aus ihrem frisch erfundenen Gedächtnis zu erinnern, doch Nick sagte: Faith, es ist schon halb vier, deshalb ... klappten sie erfüllt vom Spielen mit Gedichten sein schmales Tagesbett aus. Ihr Sex war nicht außergewöhnlich, aber befriedigend. Der Unterschied bestand lediglich im Unterschied. Natürlich, wenn man ein Leben lang leidenschaftliche Zuneigung füreinander empfindet, ist diese Unterschiedlichkeit an manchen Nachmittagen oft genug.

Und abgesehen davon fragte Faith fast sofort, als sie aufstanden, um Tee oder Kaffee zu trinken: Nick, wieso haben die so eine verkorkste Außenpolitik? Die Frage brannte ihr schon länger auf den Nägeln, hatte unter ihrem leicht entflammbaren Verlangen bloß gewartet.

Sie hatte die Frage nicht zum ersten Mal gestellt, und Nick war nicht der Letzte, der sie beantwortete.

Nick: Herrgott noch mal, verstehst du denn von Politik überhaupt nichts?

Richard: Tja, und wieso treibt Israel wahrscheinlich tagtäglich Handel mit Südafrika?

Ruth (*obwohl ihre Bemerkungen in Wirklichkeit ein paar Jahre später fielen*): Kuba hält an Wirtschaftsverhandlungen mit Argentinien fest. Oder nicht?

Die Jungs beim Abendbrot. Tonto (*leise, mit vereng-*

189

ten Augen): Wieso hat China gerade mal zehn Minuten nach dem Putsch in Chile Pinochet anerkannt, hm?

Richard (*nachsichtig erläuternd*): Weil Allende nicht wusste, wie eine Revolution abläuft, Arschloch, darum.

Jack erinnerte sie daran, dass die UdSSR wohl heftige ideologische Widerstände hatte überwinden müssen, um ihr altes Verlangen nach südafrikanischen Industriediamanten zu befriedigen.

Faith dachte: Aber wenn du immer so denkst, kannst du ganz schnell für immer traurig sein. Dann wirst du zynisch, dann läufst du durch die Gegend und sagst immer bloß: Hoffnungslos, oder: Import – Export, oder du murmelst von morgens bis abends: Weltbank. Deshalb versuchte sie stattdessen zu denken: die Schönheit des Handels, die Afrika und Asien durchquerenden Karawanen, die Straßen nach Peru durch die furchtbaren Wälder von Guatemala, und dann besonders die Dorfmärkte der unterentwickelten Länder, Plätze hinter Kirchen unter Markisen und Zelten, ganz zu schweigen vom Markt um die Ecke in Orlando... überhaupt der freie Markt, der die Welt so viel kostet... und mittendrin das Möbelhaus von Jack, Sohn von Jake.

Na logo, sagte Richard, die Schönheit des Handels. Du überraschst mich, Ma, die Schönheit des Handels – diese durch Guatemala laufenden Indios, deren Lederriemen ihnen in die Stirn schneiden, weil sie ungefähr eine Tonne Schönheit damit auf dem Rücken halten. Schönheit, sagte er.

Für ungefähr eine Stunde ruhte er sich aus. Dann fuhr er fort. Du überraschst mich, Faith, überraschst mich wirklich. Er blinzelte ein paarmal. Mutter, sagte er, hast du dich eigentlich jemals mit politischer Theorie beschäftigt? Nö. Diese ganzen beknackten Friedensversammlungen, zu denen du hinläufst. Reden die da eigentlich je über was anderes als darüber, wie man ein paar echt dicke Schwerter einschmilzt?

Er war sehr, sehr blass geworden.

Richard, sagte sie. Du bist weiß wie eine Wand. Anscheinend trinkst du überhaupt keinen Orangensaft mehr.

Diese einfache Bemerkung ließ ihn für drei Tage nicht mehr nach Hause kommen.

Erst aber sah er sie an, entweder aus Verachtung oder aus Verzweiflung.

Weil das Gehirn, wenn es arbeitet, nicht auf die Zeit achtet, sondern geschwind verknüpft und auswählt, dachte sie sogleich: Ach, vor langer Zeit sah ich meinen Vater mal an. Was machst du denn für ein Gesicht?, hatte er gefragt. Sie lehnte an der Schlafzimmerwand. Sie war ungefähr vierzehn. Oder fünfzehn? Kümmert dich ja alles nicht, sagte sie. Ein Riesenkrieg kommt aus Deutschland, und dir fällt dazu nichts ein als Russland. Böses altes Russland. Ich bin es, die man umbringen wird. Du?, fragte er. Haha! Ein kleines Mädchen, das im sicheren Amerika hockt, soll umgebracht werden. Haha!

Und dann die Gesichter, die sie vor einer halben Generation von den anderen Jungs hinzunehmen gelernt hatte. Ruth hatte sie Mach's-halt-oder-halt's-Maul-Gesichter genannt. Sie und ihre Freunde waren wieder und wieder um die Einberufungsbehörde gezogen und hielten Schilder hoch, auf denen stand: ICH HELFE KRIEGSDIENSTVERWEIGERERN. Manche der jungen Kerle waren ruhig und engelgleich, manche wurden sauer und motzten. Aber nicht einer von ihnen war oberflächlich, so wenig wie Richard.

Trotzdem, dachte Faith, was, wenn ihn sich die Geschichte schnappen würde, wie sie sich ja tatsächlich Ruths Tochter Rachel gegriffen hatte, als ihr Gesicht noch so rund wie ein Apfel gewesen war – ein Augenblick in der Geschichte, der kostspielige Augenblick, da ein jeder in seinem Alter einberufen wird, aber nur eine Handvoll aus Gewissen, aus Leidenschaft oder auch bloß aus Liebe zu den eigenen Altersgenossen berufen fühlt, und sie sind dann diejenigen, die eine wichtige Raketenspitze zerstören (wie gerade neulich passiert) oder ein Gebäude voller Knebelgelder oder mörderischer militärischer Pläne in die Luft jagen ... ach, was aber, wenn ein menschliches Wesen (womöglich durch und durch verdorben, aber dennoch ein Mensch) sich darin befindet? Was, wenn sie dann abtauchen, um im Exil oder tiefsten Untergrund zu leben, und man sie für zehn Jahre nicht mehr zu Gesicht bekommt oder nach Kuba oder Kanada oder noch weiter reisen muss, um ihre veränderten Gesichter zu sehen. Dann denkt man traurig: Ich hätte mir mehr Mühe geben sollen, dieses Kind großzuziehen, das mal meins war. Ich hätte ihn dazu bringen können, die Hochschule abzuschließen und Anwalt oder Arzt oder ein brillanter Wirtschaftsexperte zu werden. Er hätte auf diese Weise genauso viel Gutes tun können – indem er geheilt oder Benachteiligte verteidigt hätte.

Richard hatte noch einen Zettel unter der Tür durchgeschoben, bevor er wegging. In seiner akkuraten Handschrift stand da: »Handel. Scheißdreck. Die Produktion ist schön. Nur sie ist was Schönes. Und die Produzenten. Die sind auch schön.«

Was soll's, sagte Ruth, als sie und Faith im Art Foods Deli saßen und Graupensuppe aßen. Wie man's macht, ist es verkehrt. Sie sah ins Licht draußen vor der Glasfront. Normalerweise ließ sie Traurigkeit nicht zu. Faith nahm ihre Hand und küsste sie. Ruthy-Darling, sagte sie. Ruth beugte sich über den Tisch, um sie in den Arm zu nehmen. Der Suppenlöffel fiel runter, Graupen mischten sich in das Sägemehl auf dem Boden.

Aber jetzt guck dir das an, sagte Ruth, diesen Zeitungsausschnitt aus Minnesota irgendwo hat Joe im Büro bekommen. »Letzte Nacht wurden rote und grüne Kreise mit Acryllack um Telefonmasten und Bäume rings um das Dakota-State-Gefängnis gepinselt. Es wird vermutet, dass Rote und Grüne die Ausführung einer Gewalttat planten. Zuletzt wurden solche Kreise in Arizona gesichtet. Aus dem dortigen Gefängnis entkamen im Verlauf einer Woche zwei Sträflinge. Rote und grüne Schablonenkreise waren auf ihre Zellenwände gemalt. Die Kosten für die Entfernung dieser Zeichen belaufen sich vermutlich auf bis zu 4 300 Dollar.«

Wofür?, meinte Faith.

Wofür?, fragte Ruth. Sie waren politische Gefangene. Irgendwer muss sich an sie erinnern. Das Grün steht für Ökologie.

Darauf reitet ja heutzutage jeder rum.

Na ja, das sollte auch jeder, sagte Ruth.

Aus Ruths und Joes kleiner Tochter Rachel war weit weg eine Frau geworden, die von Zeit zu Zeit für kleine persönliche Wellen in der Zeitung oder durch Gerüchte sorgte, die an den Küsten ihres ewigen Wartens schließlich auch ihre Eltern erreichten – das heißt, im Postfach des Büros oder in den Spätnachrichten.

Eines Tages waren Ruth und Joe zu einer Kulturveranstaltung eingeladen. Joe war ja Kulturschaffender. Er hatte nämlich *Der soziale Abfall* herausgegeben, eine Zeitschrift, die alles veröffentlichte, was Jack schrieb. Er und Ruth waren auch in China mit dabei gewesen und hatten sich in gedruckter Form einigen nachgiebigen Ansichten der Viererbande angeschlossen, eine

Lage, aus der nur schwer wieder rauszukommen gewesen war. Ruth war noch immer überzeugt, dass Jiang Qings schlimme Politik und freies Leben mindestens eine Generation lang benutzt werden würde, um ALLE Chinesinnen zu bestrafen.

Aber gilt das denn nicht überall, sagte Faith. Man sagt bloß ganz einfach zum Beispiel: »Im Kongress gibt es nur acht Frauen«, oder man nimmt das Wort »Patriarchat« in den Mund, schon sagt einer: Ach ja? Sehen Sie sich Margaret Thatcher an oder Golda Meir.

Ich liebe Golda Meir.

Ehrlich? Aha, sagte Faith.

Der Abend gehörte den chinesischen Künstlern und Schriftstellern, die noch zu Lebzeiten rehabilitiert worden waren. Alle möglichen amerikanischen Kulturschaffenden waren eingeladen. Manche lachten, wenn man sie als solche bezeichnete. Sie waren es gewohnt, »Träumer«, »Dichter«, »Realist«, »Postmodernist« genannt zu werden. Vielleicht hätte es ihnen gefallen, »Kulturträumer« genannt zu werden, aber darauf war bisher noch keiner gekommen.

Viele dieser chinesischen Künstler (zumeist Männer und kaum Frauen) flogen so oft von einer amerikanischen Küste zur anderen und wieder zurück (manchmal mit Zwischenlandung in Iowa City), dass sie an Fensterplätzen kein Interesse mehr hatten, sondern lieber am Gang schliefen oder quer über die üppige Mitte, wo man die Armlehnen hochklappen kann … während die großen tiefen steilen Rockys, die Indian Black Hills, die Badlands und die guten endlosen Ebenen unter dem sanft bebenden Düsenflieger langsam westwärts vorbeiglitten. Beim Kreisen über New York stürzen sie nicht mehr auf Teufel komm raus an die Fenster, wenn noch eine Warterunde gedreht wird und die Lichter unserer Stadt den ganzen Himmel für sich beanspruchen, bloß um ihn auszuschalten.

Ruth sagte, sie würde Nick ja persönlich zu der Party mitbringen, wenn China immer noch zu angefressen war, um ihn einzuladen. Es sei nicht fair, dass ein so zufälliger Gast wie sie selbst dabei war, aber jemand wie Nick, dem die Begeisterung in ganzen Versen aus den Taschen fiel, ausgeschlossen blieb.

Ist schon okay, Ruth. Du brauchst ihn nicht zu fragen, sagte Faith. Meinetwegen lass es bitte. Ich seh ihn eh kaum noch.

Wieso das?

Keine Ahnung. Immer wenn ich eine seiner Ansichten mochte, hat er sie geändert, und nie mochte er eine von meinen. Außerdem konnte ich mit dir darüber nicht reden, deshalb wurde es nie was wirklich Festes. Ich meine mit Hand und Fuß. Es ging sowieso nicht um Nick, sei ihr klargeworden. Er war in Ordnung, aber wonach sie sich sehnte, waren Reisen – woanders zu sein –, sie finde die unbekannten Orte kaum vorstellbarer Regionen sexy.

Sex, ja?, sagte Ruth. Sie biss sich auf die Lippen. Wäre

es nicht interessant, hätte irgendwo da draußen Rachel ein Baby?

Gott, ja, natürlich! Wundervoll! Ruthy, sagte Faith und erinnerte sich an Babys, diese runden, in die Welt staunenden Tagein-tagaus-Begleiter ihrer Jugend.

Na, wie war er so, Nick, fragte Faith – der Dichter Ai Qing? Was hat er gesagt?

Er hat einen sehr großen Kopf, sagte Nick. Der große Dichter, auferstanden aus dem Exil.

War Ding Ling da? Diese erstaunliche Frau, die Erzählerin Ding Ling?

So weit sind sie noch nicht, sagte Nick. Vielleicht nächstes Jahr.

Gut, was hat Bien Tselin gesagt?, fragte Faith. Erzähl doch mal, Nick.

Na ja, er ist echt winzig. Er sieht aus wie mein Vater im hohen Alter.

Ja, aber was haben sie gesagt?

Willst du sonst noch was wissen?, fragte er. Ich denke gerade nach. Er schrieb etwas in sein Büchlein – Gedanken, Anmerkungen, vielleicht sogar neue Lieder für die Modernisierung Chinas ... die er so schnell wie möglich veröffentlichen wollte. Er fand, Faith könne das alles auch dann noch lesen.

Schließlich sagte er: Die haben vor mir die Muskeln spielen lassen. Auch andere Dichter waren da. Sie erzählten ein paar Witze, aber nicht über uns. Sie lachten und knufften einander. Sie sprachen Chinesisch, weißt du. Keine Ahnung, wieso die so gute Laune hatten. Immer wieder sagten sie: Glauben Sie nicht, wir wären keine Kommunisten mehr. Wir sind Kommunisten. Das war gar nicht sarkastisch. Sie wirkten interessiert und glücklich.

Ruthy, sagte Faith, bitte erzähl mir, was sie gesagt haben.

Na ja, eine der Frauen, ungefähr in unserem Alter, Faith, die sagte dasselbe. Sie sagte auch, die Bauern wären gut zu ihr. Bloß die Soldaten wären schlecht. Sie sagte, die Bauern auf dem Land hätten ihr geholfen. Sie wussten, dass sie sich einsam fühlte und Angst hatte. Sie sagte, sie liebe den chinesischen Bauern. Genau so hat sie es gesagt, wie eine kleine Ansprache: Ich werde es niemals vergessen und werde den chinesischen Bauern immer lieben. Das ist das Einzige, womit Mao recht hatte – natürlich war er auch ein guter Dichter. Aber dann sagte sie: Tja, können Sie sich ja vorstellen – die Kinder, sagte sie ... Als alle Arbeiter aus dem Büro raus aufs Land geschickt wurden, um Steine auszugraben, ließ sie ihre Töchter bei ihrer Mutter. Ihre Mutter war altmodisch, besonders bei Mädchen. Ist nicht so schwer, bloß für sich selber stark zu sein.

Einige Monate später, auf einer durch die UNO unterstützten Versammlung staatlicher Frauenorganisationen, traf Faith genau die Chinesin, die sich mit Ruth unterhalten hatte. Sie erinnerte sich gut an Ruth. Ja, die

Dame, die seit acht Jahren ihre Tochter nicht gesehen hat. Oh, wie traurig. Wer könnte diese Frau vergessen. Und ich habe viele kennengelernt. Mein Name ist Xie Feng, sagte sie. Jetzt sagen Sie ihn.

Die beiden Frauen sagten jede den merkwürdigen Namen der anderen und lachten. Die Chinesin sagte: Faith. Vertrauen worauf? Dann nahm sie alle Kraft und Aggressivität zusammen, die sie gebraucht hatte, um dieses Land zu erreichen; sie fügte die Höflichkeit der Schüchternen hinzu, holte tief Luft und sagte: Jetzt würde ich gern sehen, wie Sie leben. Tag für Tag war ich auf dieser, dann jener und dann noch einer Versammlung. Aber wie sieht es bei jemandem zu Hause aus? Wie wohnen Sie?

Ich?, fragte Faith. Mein Zuhause? Sie würden mein Zuhause gern sehen? Als sie sich an diesem Abend die Zähne putzte, lächelte sie ihrem lächelnden Spiegelbild zu. Sie war dazu eingeladen, gastfreundlich zu einer Frau zu sein, die weit weg auf der anderen Erdhälfte ein fremder als fremdes Leben geführt und eine extreme Geschichte am eigenen Leib erfahren hatte.

Am nächsten Tag tranken sie in Faiths Küche Tee aus chinesischen Tassen, die Ruth von ihren Reisen mitgebracht hatte. Neblige Terrassenhügel waren auf diese Tassen gemalt und dazwischen ein kleiner Ölbohrturm.

Faith zeigte ihr das Zimmer der Jungs. Die Chinesin holte eine kleine Kamera aus ihrer Tasche. Macht Ihnen doch nichts aus?, fragte sie. Das ist das vordere Zimmer, sagte Faith. Man nennt es das Wohnzimmer. Das ist unser Schlafzimmer. Das ist ein Bild von Jack, wie er auf der Versammlung der Anderen Historiker einen Vortrag hält, und da auf dem Bild ist Jack mit zwei anderen zu sehen, die mit ihm in seinem Geschäft arbeiten, seit sie alle jung waren. Der Hagere hat gerade einen Streik gegen Jack angeführt und gewonnen. Jack sagt, sie waren im Recht.

Ich verstehe – beides Männer mit Prinzipien, sagte die Chinesin.

Sie spazierten ein paarmal um den Block, damit das Viertel auf sie wirken konnte. Bei Art Foods hielten sie an und aßen Strudel. Es war halb drei und genau die richtige Zeit, um aus der benachbarten Schule die Kinder ins Freie stürmen zu sehen. Die Kleinsten rempelten Lehrerinnen und Müttern gegen die Beine. Hier und dort lehnte ein Vater der Länge nach an einem im Parkverbot abgestellten Wagen. Sie hielten an, um ein paar Äpfel zu kaufen. Das ist meine chinesische Freundin aus China, sagte Faith zu Eddie dem Metzger, der eine Zigarre rauchte, ausspuckte und in den Sonnenschein eines Nachmittagspäuschens lächelte. So viele Pfirsiche, so viele Orangen, sagte die Frau bewundernd zu Eddie.

Sie liefen westwärts zum Hudson. Er wird zwar North River genannt, ist aber eigentlich unser herrschaftlicher Hudson. Das ist ein guter Fluss, nur sehr ruhig, sagte die Chinesin, als sie den schönen, grünen, rostigen, leicht zerknitterten, ganz und gar ungenutzten Pier betraten und hinübersahen nach New Jersey. Sie kehrten über eine Straße mit kleinen Häusern zurück, und Faith zeigte hinauf zu der Wohnung im ersten Stock, in der sie und Jack sich zum ersten Mal geliebt hatten. Tja, sagte die Frau, fällt Ihnen auf, dass man die Kinder mit der Zeit mehr liebt und den Mann weniger? Ja!, sagte Faith, hatte es aber kaum gesagt, da wollte sie nach Hause rennen und sehen, wo Jack war, und ihm die rosigen Ohren und seine 243 letzten Haare küssen, wollte rufen: Alter Freund, du wirst geliebt, keine Sorge. Doch bevor sie das ansprechen konnte, flog Tonto auf seinem finanziell lukrativen Kurierfahrrad vorbei und schrie: Hi, Mom, *nie hau, nie hau*! Er hat diese Woche eine chinesische Freundin. Er sagt, das bedeutet Hallo. Mein anderer Sohn ist auf einer Versammlung. Sie sagte nicht, dass es die regelmäßige Hup-wenn-du-für-Mao-bist-Versammlung der LRJ war. Sie zeigte ihr den Keller der Kirche, wo sie und Ruth und Ann und Louise und ihre Gruppe aus zumeist Frauen und kaum Männern Flugblätter hergestellt und Kriegsdienstverweigerern Asyl geboten hatten. Vermutlich würden sie das bald wieder tun. Ein paar junge Leute sahen von einer Reklametafel auf, erblickten eine Repräsentantin der Dritten Welt und lächelten friedvoll. Sie gingen im Osten und Süden durch Viertel, wo unsere Stadt verwahrlost ist und nur noch aus Müllhalden und Backsteinruinen mit ausgebrannten blinden Fenstern besteht. Hier leiden die Leute und rackern sich ab, sagte Faith, ihre Kinder drehen sich im Kreis und kommen nicht vom Fleck, erst werden sie immer schöner und dann immer zorniger.

Jetzt sind wir wieder zu Haus. Und ich will Ihnen von meinem Leben erzählen, sagte die Chinesin. Oh ja, bitte, sagte Faith und war sehr verlegen. Natürlich war der Wunsch, etwas von ihrem Leben mitzuteilen und zu zeigen, wo es stattgefunden hatte, Großzügigkeit entsprungen – doch er war auch egoistisch gewesen.

Ja, sagte die Chinesin. Es ist jetzt alles etwas besser. Zu Hause geht's gut, mal etwas schlechter, dann bessert's sich wieder. Und die Männer, wissen Sie, die waren sehr schlecht. Aber jetzt sind sie etwas besser, nicht alle, aber einige, ein paar. Darf ich Sie fragen: Sind Sie besorgt, weil Ihr älterer Junge in einer politischen Gruppe ist, die man nicht gern sieht? Welchen Beruf wird er lernen? Wird er auf die Universität gehen? Meine Älteste ist noch immer ohne Fachausbildung. Ihre Schuljahre fielen in die Zeit von großer Verwirrung und Hin und Her. Meine Jüngste studiert brav. Ah, sagte sie und stand auf. Hallo. Guten Tag.

Ruth stand in der Tür. Faiths Freundin, die Zuhörerin und Antwortgeberin, hörte zu.

Wir unterhielten uns gerade, sagte die Chinesin. Über die Kinder, wie man sie großziehen soll. Meine jüngste

Schwester darf dieses Jahr ein Kind bekommen, deshalb machen wir uns oft Gedanken und reden. Wir überlegen Folgendes: Sollen wir ihnen beibringen, aufrichtig, rechtschaffen, freundlich, tapfer, vielleicht gerissen, ein bisschen eigennützig zu sein? Wie ihnen in der realen Welt am besten helfen? Wir wissen nicht, womit man ihnen am besten hilft. Man will ja nicht, dass sie grausam sind, aber sie sollen durchaus zuerst an sich denken. Meine eigenen Kinder sind jetzt fast erwachsen. Vielleicht ist es zu spät. War ich dumm? Ich wusste in diesen Jahren nicht, wie man es schaffen soll.

Ja, sagte Faith. Ja, ich weiß, was Sie meinen. Ruthy?

Ruth sagte kein Wort.

Faith wartete einen Augenblick. Dann wandte sie sich an die Chinesin. Oh, Xie Feng, sagte sie. Ich wusste es auch nicht.

Zuhören

Ich war gerade mit einem Arm voller Flugblätter aus den Kellerräumen der Kirche heraufgekommen. Früher mal, vor nur fünfundzwanzig, dreißig Jahren, gingen junge Männer und Frauen in diesem Keller bowlen, spielten Tischtennis, tranken heiße Schokolade und fragten sich, wie sie einander in Gottes streng getrennter Welt je kennenlernen sollten. Heutzutage vervielfältigen und sortieren wir unsere politischen Pamphlete zwischen den Bowlingbahnen. Ich kann mich noch gut erinnern, dass der Stapel Flugblätter in meinen Armen ausrief: USA! Respektiert die Genfer Konventionen! (Jack glaubte nicht, dass die USA die Genfer Konventionen je respektieren würden. Gut, also Trauer, Südostasientrauer, US-Trauer, Trauer weltweit.)

Als Nächstes dachte ich: Kaffee. Kennen Sie noch den Art Foods Deli? Er gehörte den Sudarskys, die für uns kochten, uns bedienten, über Europa Israel Russland den Islam diskutierten, spät am Abend auf dem Tisch gleich neben der Küche Schach spielten und, um uns alle zu Mitgefühl und Rechtschaffenheit zu bewegen, das Schreckensstädtchen ihrer Jugend ausgruben – Dachau.

Zu meinem Kaffee bestellte ich ein Sandwich, das nach einer Nachbarin hieß, die ein paar Blocks weiter wohnte. (Alle Sandwiches hatten Namen, die jemandem Respekt zollten.) Ich mag zwar das, was ich mir ausgesucht hatte – Mary Anne Baxter –, gestehe aber, dass ich das Selena-und-Max-Retelof eigentlich am liebsten mochte, auch wenn es teurer ist. Die Shrimps sind nicht ganz so fein gehackt, es ist auch Ei drauf und ein bisschen süße rote Paprika. Selena und Max waren gerade geschieden, ihr Sandwich aber würde es wahrscheinlich noch mehrere Jahre lang geben.

Am Nachbartisch beugte sich ein junger Mann vor. Er unterhielt sich mit einem älteren Herrn. Der junge Mann war in Uniform, ein Soldat. Wenn er geht oder wenn ich zuerst gehe, gebe ich ihm ein Flugblatt, dachte ich. Es widerstrebt mir, aber ich muss es tun. Armer junger Kerl, dachte ich dann, Gott weiß, was er erlebt hat – wenn es nach ihm ginge, würde er die Genfer Konventionen bestimmt respektieren, doch vermutlich würde es seine Gefühle verletzen, auch nur ein weiteres Wort darüber zu hören, was die USA mal wieder falsch machen und dass er ein unschuldiges Werkzeug des Bösen ist. Er würde es persönlich nehmen, auch wenn wir – die wir Mütter sind und alle mal Sweethearts waren – genau wissen, dass schließlich in jeder einzelnen von hundert Generationen Millionen von Jungs dazu gezwungen wurden, »Soldat« zu sein.

Onkel Stan, sagte der Soldatenjunge gerade, glaub mir, damals mussten wir einfach groß Hochzeit feiern, Mamasan Papasan, alle waren da. Dann wurd ich versetzt. Ich hab ihr geschrieben, glaub nicht, ich hätte es nicht getan. Sie hat ein niedliches kleines Mädchen jetzt. Wenn ich zurückgeh, werd ich die Kleine bestimmt sehen. Aber im Grunde, Stan, will ich Haus und Familie. Einmal hab ich mich schon wieder verpflichtet. Gut wäre, wenn ich irgendwo auf dem Bau arbeiten könnte. Vielleicht fällt dir ja jemand ein, einer von Tommys Freunden. Vielleicht hast du ja Kontakte. Flugplätze oder Häfen – irgend so was. Ab und zu könnte ich für ein, zwei Jahre rübergehen. Sie würde nicht mehr hierher zurückwollen. Hier ist das Foto, siehst du? Sie und ihre alte Omi, alle lächeln, stimmt's? Nichts gegen sie, nur würde ich halt gern ein gut aussehendes amerikanisches Mädchen finden, jemanden Nettes, meine ich, mich verlieben und eine Familie gründen, weil, weißt du, ich bin schon vierundzwanzig.

Vierundzwanzig, hm?, sagte Onkel Stan. Dann verlangte er die Rechnung. Zwei Kaffee, zwei Helenirgendwer oder so ähnlich. Während die Kellnerin kritzelte, reichte ich wider besseren Wissens dem jungen Mann beherzt eines der Flugblätter. Er stand auf. Er sah es an. Er sah mich an. Er sah zur Wand und seufzte. Oh Scheiße. Er zerknüllte das Flugblatt mit einer Hand. Er sah mich wieder an. Oh, tut mir leid, sagte er. Er legte das Flugblatt auf den Tisch. Er strich es glatt.

Gehen wir, sagte Onkel Stan.

Ich hatte zwar aufgegessen, aber Art Foods glaubt ja, dass jede Mahlzeit ein Ereignis für den Körper darstellt und daher auf keinen Fall Eile herrschen sollte. In der Nische hinter mir unterhielten sich zwei Männer.

Der erste Mann sagte: Ich hab schon ein Kind. Ich kann mir nicht das Leben nehmen, bis mein Sohn mindestens zwanzig oder zweiundzwanzig ist. Das ist der Grund, wieso ich, wenn Rosemarie sagt: Oh, Dave, ein Kind? – zu ihr sagen muss: Rosemarie, du verdienst eins. Wirklich, du bist eine junge Frau, aber trotzdem. Mein Sohn (von Lucy) ist jetzt zwölf. Falls es also nichts wird, falls das Leben keinen Sinn ergibt, keinen gottverdammten SINN, falls ich nicht mit dem Trinken aufhören kann, falls ich ein grässlicher Säufer werde und weiß, ich muss damit aufhören, aber kann's nicht, und mir deshalb das Leben nehmen muss, dann könnte ich wohl noch acht oder neun Jahre lang durchhalten, aber wenn ich noch ein Kind hätte, dann würde ich ja zwanzig Jahre abwarten müssen. Kann ich nicht. In diese Lage werde ich mich nicht bringen.

Der andere Mann sagte: Auch ich will die Möglichkeit, die Freiheit haben, mir das Leben zu nehmen, wenn es mir passt. Auch ich nehme an, dass das in zehn, zwanzig Jahren der Fall ist. Allerdings hab ich eine Verantwortung gegenüber dem Geschäft, den Männern, die da arbeiten. Und ich muss meine eigentliche Arbeit zu Ende bringen. Das Einzige, was mich ernsthaft dazu bringen könnte, mir das Leben zu nehmen, wäre meine Gesundheit, die sich ja aller Voraussicht nach verschlechtern wird – Krebs, Herzerkrankung, was immer. Ich will nicht bettlägerig und abhängig sein, und darum bestehe ich auf das Recht, diese Welt hinter mir zu lassen, wann ich will, nämlich rechtzeitig.

Die Männer beglückwünschten einander zu ihrer Unsentimentalität und Nüchternheit. Beinahe gleichzeitig sagten sie: Du hast recht, du hast recht. Ich drehte mich zu ihnen um. Der Hauch eines Lächelns kitzelte ihnen gerade die Mundwinkel. Ich reichte eines meiner Flugblätter über die Rückwand der Nische. Ohne aufzublicken, fingen sie an zu lesen.

Jack und ich waren zeitig am Frühstücken, als ich ihm die beiden kleinen Geschichten erzählte. Und Jack, sagte ich, einer dieser Männer warst du.

Weiß ich selber, sagte er, ich war ja dabei. Du brauchst mich nicht daran zu erinnern. Du hast rübergesehen. Du hast uns zugehört. Hab ich selbst gesehen. Du musst mir keine Geschichten erzählen, in denen ich selber mitspiele, weißt du. Abgesehen davon, handeln diese ganzen Geschichten von Männern, sagte er. Du weißt, dass Frauen mich mehr interessieren. Wieso erzählst du mir nicht Geschichten, die Frauen über Frauen erzählen?

Die sind zu intim.

Wieso erzählst du sie mir nicht?, fragte er traurig.

Ach, Jack, du hast eigene Frauengeschichten. Du

weißt schon, deine Geschichten vom Verlieben, deine Französin-im-Koreakrieg-Geschichten, deine Eine-Pracht-von-einer-Frau-Geschichten, deine Wunderschöne-neue-junge-Ehefrau-Geschichten, deine Bloß-so-eine-politische-Mitstreiterin-wenngleich-eine-extrem-gut-aussehende-Geschichten …

Schweigen – der Raum, der auf die Gemeinheit folgt und in dem kleine Wahrheiten grollen.

Irgendwann fragte Jack: Faith, hast du dich gegen ein Baby entschieden?

Nein, ich hab mich bloß entschieden, darüber nachzudenken, aber aufgegeben hab ich's nicht.

Da nahm er, mit der Zartheit alter, versöhnlicher Freundschaft, meine Hand. Meine Liebe, sagte er, vielleicht wünschst du dir ja bloß, noch einmal jung zu sein. Tu ich auch. Im Geschäft, wenn junge Leute mit den wehenden Fahnen der Jugend reinkommen, auf denen ZUVERSICHT steht, denke ich, auch weil ihnen jemand mit Kreditkarten die Taschen gefüllt hat: Neue Toaster! Brandneue Vorhänge! Ausziehsofas! Dänisches Glas!

Bei SB-Möbeln mit Namen wie Jack, Sohn von Jake, wäre mir nie ein Lied vom Aufbruch in den Sinn gekommen. Aber genau das ist es wohl – Stroh für das Frühlingsnest.

Jetzt hör mir mal zu, sagte er. Und wir fingen an, so langsam und förmlich miteinander zu sprechen, wie man es oft macht, wenn der Ernst die Leichtigkeit erschwert – ein würdevoller Tanz ist dann vonnöten. Hör zu. Hör zu, sagte er. Unsere älteren Kinder sind so gut wie erwachsen. Warum willst du noch ein Kind? Waren wir uns nicht oft einig, sagten wir nicht, es sei deutlich geworden, dass das Leben kurz ist und voller Kummer? Haben wir nicht Wörter benutzt wie »verschwunden« und »wohin«? Haben wir in den letzten Jahren nicht manchmal »schrecklich« gesagt und hörten dann das Wort »Schrecken« darin? Jeder weiß das übers Leben. Obwohl natürlich ein paar Hornochsen nie aufhören, ihr Loblied darauf zu singen.

Aber sie haben ja recht, sagte ich, als ich an der Reihe war. Ja, und zwar deshalb, weil wir den Jungen, die wir schließlich in die Welt gesetzt haben, Mut machen müssen – man darf sie nicht im Stich lassen. Wir müssen, sagte ich, weiter auf einfache Dinge hinweisen, die es sich lohnt anzusehen, so wie – draußen auf dem Land – Hügel, die, im Frühling hellgrün und im Winter weiß wie Wellen ineinander übergehen, der Himmel, der einen immer zum Staunen bringt, ob in seiner herkömmlichen Bläue oder mit einer Ansammlung Wolken – wie der Atem der Luft ihre Gestalt und Richtung und Dichte sanft verändert. Ganz zu schweigen von unserer geliebten Stadt, die Tag und Nacht wimmelt von Arbeitern, Einkäufern, Spaziergängern, den U-Bahnen, vor denen viele Angst haben, aber in denen ja so hübsch nebeneinander rosige bis ganz dunkelbraune Gesichter zu sehen sind, golden sonnengebräunte und gelbe dazwischen verstreut. Es ist sehr wichtig zu betonen, was gut oder schön ist, damit man kein bedrücktes Gesicht macht, wenn einem so ein Teenager begegnet, der angefangen hat, sich Gedanken zu machen.

Tja, sagte Jack.

Weißt du, sagte er dann, deine Absätze mag ich lieber als deine Sätze. Das war, wie ich wusste, kein Kommentar, mit dem er einen unversöhnlichen Gegensatz aufstellen wollte, sondern vielmehr Teil unseres alten Tänzchens, ein paar zögerliche, aber entscheidende Schritte von der Theorie zur Praxis.

Wenn wir uns ab jetzt morgens lieben, fuhr er fort, ist dein Körper vielleicht dann so beeindruckt und erfrischt von den Veränderungen an meinem, dass er seine alte hormonelle Arbeit wieder aufnimmt – Schleimaufbau, Gebärmuttersäuberung, Eierherstellung.

Bezweifle ich, sagte ich. Außerdem hab ich zu tun, wie du weißt. Ich hab furchtbar viel auf dem Zettel.

Damit meinte ich, dass der frühe Morgen bei uns für gewöhnlich ausgefüllt ist mit dem Lesen der Abendzeitung vom Vortag, dem Streiten und Diskutieren über angemessene Maßnahmen und dem Wecken der Jungs, die wirklich alt genug sein sollten, um zu verstehen, was der Wecker ihnen sagt – auch ohne die Übersetzung ihrer Mutter. Außerdem hatten wir uns an das einmal moralische oder utilitaristische Ideal gehalten, dass geistige Anstrengung früh zu geschehen habe und dem Werk der Liebe vorausgehen musste, sonst würde sie von der Restlast dieser ganzen feuchtklammen Wirklichkeit zunichtegemacht.

Jack aber sagte: Ach, komm schon. Er knöpfte sein Hemd auf. Mein Gesicht hat die graubraunen Haare auf seiner Brust sehr gern. Danke, sagte ich, aber es wird eh nicht hinhauen. Es geschehen keine Wunder, und wenn doch, dann sind sie absolut erklärbar. Er fing an, ganz rosig zu leuchten, was im Gesicht eines Mannes etwas sehr Schönes ist. Man nennt das nicht Erröten. Erröten ist ein Ausdruck für Schüchternheit und zugleich weibliche Erregung. Bei Männern gilt es als energische Aufwallung, die das Blut auf eigene Faust vollführt.

Grübelgrübel, schnatterschnatter, so bist du, hör jetzt auf! Komm schon, Kleines, sagte er, indem er mein Knie, meinen Schenkel, meine Brust berührte, die ganzen Außenseiten der Liebe. Also legten wir uns nebeneinander hin, um ein Kind zu zeugen, mit der Unaufgeregtkeit der nicht mehr ganz Jungen, die über so viel gemeinsame Geschichte und erotisches Wissen verfügen, es aber nicht immer einsetzen.

Wie dem alles abstreitenden Zeus und der eifersüchtigen Hera auch sonst ein neues Wesen abringen? Mein Gott, sagte Jack, griechische Götter hast du im Bett noch nie erwähnt. Bisher gab's keinen Anlass, sagte ich.

Später rief er im Geschäft an, um den Verkäufern zu sagen, sie sollten nicht zu viele Kücheneinrichtungen ohne ihn verkaufen, er könne nicht die ganze Provision in den Wind schießen. Sollte man nicht meinen, dass die

Männer das verärgert? Jack sagt, ich würde nicht verstehen, wie Männer miteinander reden.

Ich hatte gerade den Kaffee angestellt, als Richard, mein sehr großer und hübscher Sohn, auftauchte. Er ist weithin bekannt für seine neugierigen Lauscher. Warum bist du noch im Pyjama?, fragte ich. Was soll diese Kacke, Mutter, das Leben ist kurz und grauenvoll. Was soll dieser metaphysische Scheiß, was soll euer ganzes krankes Intelligenzija-Geschwätz?

Als Erstes sagten wir: Intelligenzija? Wir? Oh, wie doch Wörter jahrzehntelang verbuddelt liegen, bis die Vereinigung der Rastlosen Ausgräber sie eines Tages aus purer Schlaflosigkeit ans Licht holt – die Jungen setzten sie als Dolche ein, aber für uns sehen sie wie Nostalgieblumen aus, die ihre Wurzeln in einem fremden Land im Garten unserer Mutter haben. Was sagte meine Mutter damals? Liebling, du hättest gestern Abend ins Rathaus kommen sollen, die ganze Intelligenzija war da. Mein Onkel, streng: Die Intelligenzija wird das niemals zulassen!

Ich lachte also. Aber Jack sagte: Wag es noch mal, so mit deiner Mutter zu reden, Richard! Wag es noch einmal! Ma, sagte Richard, hol ihm sein Hirn aus dem Gurkenglas, ich hab dich nicht beleidigt. Weiß doch jeder: Die Intelligenzija zündet den Funken, damit sie noch lange bedeutsam bleiben und mal hier und mal da Funken zünden kann.

Na logo, erklärte er, kann das Feuer der Revolution allein durch die Arbeiterklasse angefacht, eingedämmt und produktiv umgesetzt werden. Besser, die Intelligenzija macht sich das klar, lass dir das von mir gesagt sein, Jack. Und noch was, wo du grade diesen Wag-noch-mal-so-mit-meiner-Mutter-zu-reden-Kram so raushaust ... Ich kenn sie ein ganzes Stück länger als du. Ich rede schon seit so ungefähr vielleicht achtzehn Jahren mit ihr, während du vielleicht drei Jahre hier bei uns rumhockst, wenn's hochkommt.

Tut mir leid, Richard. Gestern Abend sagte einer im Fernsehen genau das: »Wag es noch mal, so mit deiner Mutter zu reden.« Ich war gerade wegen irgendwas zu Anna rübergegangen. Im selben Moment, als ich reinkam, machte sie den Fernseher an.

Wow! Echt? Hör mal, mir ist genau dasselbe passiert. Ich ging rüber zu Caitlin, du kennst doch Caitlin, die um die Ecke, die Tochter vom Doktor. Die, deren kleiner Bruder vor ein paar Jahren versucht hat, die Nonne anzuzünden? Na ja, weißt du, genau in dem Moment, als ich reinkam, machte sie den Fernseher an.

Mann! Sie waren erstaunt, dass das Mädchen und die Frau, die einander nicht kannten, ihnen beiden dasselbe angetan hatten. Richard bot Jack eine Zigarette an und setzte sich an den Küchentisch. Kaffee, Ma, sagte er.

Richard, sagte Jack dann, sag mal, verzeihst du deinem Vater eigentlich, dass er euch Kids damals einfach alleingelassen hat?

Ich verzeih es ihm nicht und verzeih es ihm auch nicht nicht. Ich kann mein Leben nicht mit persönlichen Animositäten vergeuden. Wo der Imperialismus so hart der Dritten Welt zusetzt, wie er es nun mal tut …

Ach ja …, sagte Jack. Er blinzelte einige Male, so wie man es halt macht, wenn man nicht allzu gut weinen kann. Richard, wusstest du, dass mein Vater Lumpensammler war? Er hatte einen Handwagen. Er schrie (auf Jiddisch): Alte Kleider kaufen, alte Kleider kaufen! Ich musste mit ihm mitlaufen, rauf in den fünften Stock, Zeug einsammeln. Bestimmt haben wir jede Straße in der Bronx abgeklappert … Alte Kleider kaufen … alte Kleider!

Oh Mann!, sagte Richard.

Was glaubst du, fragte Jack. Rich, glaubst du, meine Tochter, ich meine Kimmy, wird sie mich wohl jemals anrufen und sagen: Ist schon okay, Dad?

Tja, sagte Richard, nickte und zuckte mit den Schultern.

Ich muss jetzt los zur Arbeit, sagte ich. Zufällig hab ich nämlich kein eigenes Geschäft. Ach ja, und spät hab ich heut noch eine Sitzung. Okay?

Die beiden Männer nickten. Ruhig saßen sie beisammen und dehnten ihre Lungen bis in die winzigste Verästelung mit Rauch. Ganz tief, gefährlich, atmeten sie ein und aus.

Dann, wie es in Geschichten oft passiert, war es einige Jahre später. Jack war für ein Jahr nach Arizona gegangen, damit sich seine Lungen und Atemwege erholten, aber auch, um, hoffentlich, eine letzte Liebesaffäre zu haben, eine von denen voll schrecklicher Sehnsucht, unentrinnbarer Anziehung und so weiter. Ich will mich darüber gar nicht lustig machen, nur ist irgendeine Art Reaktion ja wohl natürlich. Viel Glück, Jack, sagte ich, nur komm mir bitte nicht angefressen nach Hause. Die Jungs wohnten in verschiedenen Stadtteilen und versuchten, ihr Leben auf die Reihe zu kriegen. Sie waren die Männer von ein paar Frauen gewesen und kamen darum bloß hin und wieder zum Abendbrot. Sie sorgten sich wegen meiner Zurückgezogenheit und schlugen mir verschiedene Arten vor, wie ich meine Haare tragen könnte.

Natürlich bin ich wegen dieses Planeten, der sich in vergiftetem Ekel von uns wegdreht, kaum je zu Hause. Neulich, nach einer langen Sitzung, fuhr ich an der West Side stadteinwärts – den Broadway runter –, da musste ich an einer roten Ampel halten. Ein Mann in der absoluten Blüte des Lebens ging über die Straße. Aus Gründen überhandnehmender Einsamkeit berührte mich sein Gang, ja schon wie er ein paar kokette Teenie-Mädchen ansah – was er anhatte, sah gut aus, schien aber unwichtig und bloß dazu da, den nackten Mann vor Blicken zu schützen.

Ich dachte: O du genau in der Mitte deines Lebens stehender Mann, mit deiner Haut, die dir noch so schön passt, mit deinen Armen vermutlich in einem weichen Baumwollhemd, dem Hemd in einem alten Tweedsakko und mit deinem Schwanz, der dir am Schenkel anliegt, entweder in deinem rechten oder linken Hosenbein, schwer zu sagen, in welchem, wieso bist du den Sehnsüchten meines Herzens und Fleisches entwischt und so unerreichbar?

Er sieht gut aus, findest du nicht?, sagte ich zu meiner Freundin Cassie.

Schon möglich, sagte sie. Nur, Faith, was ist der denn schon, doch bloß so ein Spießer auf dem Weg zu sich nach Haus.

Zum normalen Leben, sagte ich und seufzte, weil ich ein bisschen Heimweh bekam.

Zu wessen normalem Leben, sagte sie, verdammt noch mal, wessen denn?

Sie drehte sich zu mir, gar nicht so einfach, wenn man angeschnallt und in einen Schalensitz gezwängt ist. Hör mal, Faith, warum erzählst du eigentlich nicht meine Geschichte? Von jedem hast du die Geschichte erzählt, nur meine nicht. Ich meine auch nicht meine ganze Geschichte, das ist meine Sache. Wahrscheinlich kannst du's nicht. Ich meine bloß, dass du mich in den ganzen Geschichten einfach weggelassen hast, obwohl ich dabei war. Dabei in dem Restaurant und dem Zug. Wo ist Cassie? Wo ist *mein* Leben? Überall Frauen und Männer, Frauen und Männer, Ficken, Ficken. Verdammt noch mal, wo zum Teufel bleibt Frau und Frau, wo bleibt mein Frauen-liebendes Leben bei alldem? Und es ergibt noch nicht mal Sinn, denn schließlich *sind* wir ja Freundinnen, wir arbeiten zusammen, du hast mich gern, mindestens so gern hast du mich wie Ruthy und Louise und Ann. Die tauchen die ganze Zeit auf, es ist wirklich komisch. Wieso hast du mich beim Leben von denen allen immer weggelassen?

Ich atmete tief ein und lenkte den Wagen an den Bordstein. Ich konnte nicht weiterfahren. Etwa zwanzig Minuten lang saßen wir so da. Mein Gott!, sagte ich immer wieder, oder: Jesus Christus! – obwohl ich mich ja normalerweise weder an den einen noch an den anderen wende. Sie aber war stur und blieb stumm. Cassie, sagte ich schließlich, ich verstehe es ja auch nicht. Trotzdem, es stimmt, ich weiß, was du meinst. Für dich muss es sich anfühlen, als wärst du immer bloß abwesend. Wie konnte ich das nur zulassen. Aber es liegt nicht nur an mir, auch an ihnen. Ich wartete darauf, dass sie etwas sagte. Puh, klar, der Fehler liegt bei *mir*. Puh, ja, aber wieso hast du so lange gewartet? Wie kannst du mir das verzeihen?

Dir verzeihen? Sie lachte. Dann aber langte sie über den Schaltknüppel. Sie nahm mein Gesicht und drehte es zu sich, sodass ich ihr in die Augen blickte. Du bist meine Freundin, ich weiß das, Faith, aber ich versprech dir, ich werde dir nicht verzeihen, sagte sie. Ab jetzt werde ich dich im Auge behalten wie ein Falke. Ich verzeihe dir nicht.

Interview mit Grace Paley (1985)[*]

Ich möchte in unserem Gespräch vor allem auf das Ver-
hältnis zwischen Politik und Schreiben in Ihrem Leben
und Werk eingehen. Vielleicht beginne ich daher am
besten mit Ihrem jüngsten Kurzgeschichtenband Am
selben Tag, später, *scheint darin* »Weltpolitik« *doch eine*
offenkundig wichtigere Rolle zu spielen als in Ihren bei-
den früheren Büchern.
Beim Schreiben frage ich mich eigentlich nicht, ob ich
Politik hineinnehmen soll oder lieber nicht und ob mein
Text jetzt politisch ist oder nicht. Wenn ich es recht be-
denke, glaube ich, dass meine Erzählungen *Die kleinen*
Widrigkeiten des Lebens von 1959 – über alleinerziehende Frauen – durchaus politisch sind, weil sie vom
Leben und von der Sprache in einer Art und Weise handeln, in der bis dahin nicht oft darüber geschrieben
wurde. Nur die Menschen, um die es in *Am selben Tag,*
später geht, sind politischer. Ein Großteil der politischen Literatur – selbst die beste, die mir einfällt –
handelt von hohen Tieren, Bossen und Bonzen, von der

[*] Aus: »Grace Paley Talking with Cora Kaplan«, in: *Writing Lives: Conver-*
sations between Women Writers. Hrsg. von Mary Chamberlain. London:
Virago 1988, S. 181–190.

Schicht, aus der sie stammen, davon, wie sie geprägt und geformt wurden, wie sie ihr Land zerstört haben oder von ihm zerstört wurden und so weiter. Da es mir nicht liegt, über Führungspersönlichkeiten zu schreiben, neige ich im Allgemeinen dazu, über ganz normale politisch denkende Leute zu schreiben, und bin an etwas anderem auch gar nicht interessiert. Ich glaube ja, dass man diese Leute auf vielerlei Weise sich selbst überlassen hat, ganz so, als würde es sie nicht geben. In unserem Land wird die Tatsache, dass es viele Menschen gibt, die nun mal politisch denken, gern unter den Teppich gekehrt. Keiner will etwas davon wissen, es wird so getan, als gäbe es nur das Privatleben und als unterhielten sich die Leute noch nicht mal über Politik – was sie in Wirklichkeit sehr wohl tun. Und so gibt es Unmengen von Büchern, die liest man und denkt: Offenbar reden Männer und Frauen, wenn sie sich unterhalten, über nichts als über ihr hochheiliges Privatleben, denn etwas anderes von Interesse scheint es ja nicht zu geben. Ich bin allerdings der Meinung, der politisch denkende Normalbürger ist es sehr wohl wert, ein klein wenig ins Licht gerückt zu werden, denn genau das und nichts anderes sind diese Frauen und diese Männer in erster Linie – Bürger.

Ihre Geschichten machen deutlich, dass es eine politische Praxis gibt, die Teil des alltäglichen Lebens ist.
Ja. Mütter ziehen Söhne groß, was oft ein politischer

Akt ist, weil man gewissermaßen an kriegerischen Handlungen teilnimmt – aber heute ist es oft auch ein feministischer Akt, da man ein männliches Kind zu einem Menschen erzieht. Außerdem geht es um Jung und Alt, die geschichtlichen Erfahrungen der Alten und die Unverbrauchtheit der Jungen. Sie alle können sich dem Einfluss der Welt um sie herum nicht entziehen und wissen das auch, schließlich ist das kein Geheimnis.

Viele der Geschichten aus Am selben Tag, später *handeln von einer verlorenen Generation von Kindern.*
Ich halte sie eigentlich nicht für verloren. In meiner Geschichte »Freundinnen« habe ich sie die »geliebte Generation unserer Kinder« genannt – damals in den Sechzigern waren sie Teenager, und heute sind sie junge Leute Mitte dreißig. Ungewöhnlich viele kamen (als Teil der amerikanischen Statistik) bei Autounfällen um, zogen in den Krieg – nach Vietnam – oder nahmen Drogen. Natürlich haben die meisten überlebt. Aber wichtig sind sie mir alle, weil ich erlebt habe, wie sie aufwuchsen. Man empfindet ja wirklich starke Zuneigung für einen erwachsenen Menschen, den man schon als Zweijährigen kannte.

Viele der Geschichten suggerieren, dass das, was sie erlebt haben – was diesen Kindern und ihren Eltern zustieß –, nicht wiedergutzumachen ist. Geschichten

mit einer fertigen Moral lassen sich daraus nicht machen, vielmehr sind sie einfach Teil von …
… Umwälzungen, genau.

Als Sie anfingen zu schreiben, haben Sie sich da bewusst gegen klassisch konstruierte Storys entschieden?
Na ja, ich wusste gar nicht, wie man klassische Storys schreibt. Ich hab's versucht, weiß Gott. Ich habe einfach kläglich versagt, deshalb schrieb ich einfach so, wie ich konnte. Ein paarmal habe ich mich ernsthaft bemüht, einen typischen Roman zu schreiben, habe es aber nicht hingekriegt, klappte einfach nicht. Ich kann keine längeren Sachen schreiben … Ich versuche, allem den richtigen Umfang zu geben, die Länge, die Breite – und die Tiefe, die es braucht.

Durch die Art, wie sie sich in der Zeit bewegen, wirken Ihre Geschichten beim Lesen oft ähnlich umfassend wie ein Roman.
Das hoffe ich. In gewissem Sinn bin ich anscheinend nicht in der Lage, den Dingen ihren Lauf zu lassen. Ein Roman überbrückt ja hingegen wirklich immer mehrere Zeitzonen, sodass man am Schluss der Geschichte dann tatsächlich meint, man hätte viele Jahre mit jemandem zugebracht.

Und dennoch haben Sie gesagt, Sie halten die meisten Romane für zu lang.
Ja, das stimmt wirklich – eine Menge Autoren blasen auf, was sie schreiben. Ihnen schwebt ein Roman vor, aber dann schreiben sie doch bloß ein sehr langes Buch, zu lang für das, was die Geschichte hergibt.

Wie haben Sie zu Ihrer eigenen Schreibweise gefunden?
Das hat lange gedauert, auch deshalb, weil ich lange Zeit Gedichte schrieb – keine Geschichten, aber als ich dann anfing, welche zu schreiben, da schrieb ich gleich solche Geschichten wie in meinem Buch.

Sie haben gesagt, Ihre Gedichte seien aus Literatur entstanden, sie seien sehr »literarisch«.
Stimmt, anfangs war das sicherlich so. Ich meine, der Grund, wieso ich anfing, Geschichten zu schreiben, war ja der, dass die Gedichte bis dahin zu literarisch waren – was wirklich ein Problem war. Dadurch, dass ich Geschichten schrieb, hat sich meine Lyrik entkrampft und wurde leichter.

Und die Lyrik hat sich in Form von Gedichten in die Geschichten von Am selben Tag, *später* geschlichen.
Gerade ist aber auch ein neuer Gedichtband von mir erschienen. Ich kenne eine Magisterstudentin, die hatte nebenbei einen kleinen Verlag und interessierte sich für Lyrik, und immer, wenn ich mal wieder ein paar Ge-

dichte vorlas, sagte sie: »Ich möchte Ihre Gedichte raus-
bringen.« Also fing ich an, sie mir vorzustellen, wissen
Sie, eine Sammlung mit zehn Gedichten – ein Bänd-
chen, sagt man ja. Na ja, und dann, so nach und nach …

*… wurden es viele Gedichte. Mir scheint, Dichtung von
Frauen ist immer schon ein Weg zur Geschichte der
Frauen gewesen, eine Art und Weise, sich schreibend an
Frauen zu wenden und zugleich über sie zu schreiben.*
Ja, ganz sicher. Das stimmt für die Geschichte der
Schwarzen genauso. Obwohl ich nicht behaupten kann,
dass ich je vorgehabt hätte, mich an Frauen zu wenden
oder für Frauen zu schreiben. Ich wusste, dass ich *über*
Frauen schrieb, und hatte das Gefühl, mir damit viel-
leicht Ärger einzuhandeln.

Warum das?
Als ich anfing zu schreiben, war ich mir sicher, das
würde eh keinen hinterm Ofen vorlocken – darum. Das
meine ich mit Ärger. Und bei meinem ersten Buch war
ich immer noch so schüchtern, dass mein lautstärkstes
Statement in der Öffentlichkeit die Unterstützung eines
Antrags vor der Eltern-Lehrer-Vereinigung war. Tapfe-
rer war ich nun mal nicht, will ich damit sagen, schon das
verlangte viel Mut.

Die beiden weiblichen Hauptfiguren, die in Ihrer Prosa immer wieder auftauchen, sind die meiste Zeit alleinerziehende Mütter – was Sie nicht waren. Wie viel haben Virginias und Faiths Leben mit Ihrem gemeinsam?

Man sollte da nichts verwechseln. Die beiden führen ein ganz anderes Leben als ich. Aber diese Figuren sind wie Leute, die im wirklichen Leben Freundinnen von mir sein könnten, sogar enge Freundinnen. Virginias Straße liegt in einer Gegend, in der ich lange gewohnt habe. Es gab da eine Menge Frauen, die allein waren mit ihren Kindern, weshalb es mich sehr, sehr interessierte, wie sie lebten. Ich selber fing nämlich gerade an, mir um die Beziehungen zwischen Frauen und Männern große Sorgen zu machen.

Sie sagten einmal, keine der Frauen sei ein Opfer, und mir scheint das richtig zu sein. Glauben Sie, Frauen ziehen Stärke aus diesem Aspekt der Geschichten?

Wissen Sie, vor ungefähr fünf Jahren las ich am City College mal meine Geschichte »Ein Interesse am Leben«, und ein Mädchen, eine junge Schwarze, stand auf und fragte mich: »Finden Sie, dass Ginny irgendwie eine Heldin ist?« Ich sagte: »Nein, nicht besonders, ich finde sie bloß ganz tapfer – aber«, sagte ich, »was meinen Sie?« Sie sagte: »Ich finde, sie ist nicht ganz dicht, wenn sie zu diesem Typen zurückwill.« Ich war etwas baff und sagte deswegen: »Na ja, wenn Sie meinen, dass sie nicht ganz dicht ist, kann ich Ihnen nur sagen, Sie werden es im Leben einmal besser haben als sie.«

In den Geschichten steckt viel Unbehagen Männern gegenüber, und doch richten sie sich nicht pauschal gegen Männer, oder?
Nein, ich habe die Männer, mit denen ich zusammenlebte, ja immer gemocht – mal abgesehen davon, dass wir uns liebten, meine ich.

Der Krieg spielt in Ihren Geschichten keine große Rolle. Er ist eine Art abwesender Ort.
Interessant, dass Sie das sagen. Sie haben ganz recht, und doch ist der Krieg ja ein sehr wichtiger Teil meines Lebens. Ich meine, immer wieder ist da von jüdischen Geschichten die Rede, handeln meine Erzählungen davon, was den Juden widerfahren ist. Jüdin zu sein ist für mich eine sehr ernste Angelegenheit. Trotzdem stimmt, was Sie sagen. Mein erstes Buch erschien Ende der Fünfziger, als mir wirklich anderes vorschwebte. Die Männer hatten den Krieg ja anscheinend ganz zu ihrem Thema gemacht. Andererseits gibt es Dinge, über die sollte ich wirklich mal schreiben, denn in den Army Camps habe ich ja wirklich jede Menge Spaß gehabt. Mein Mann allerdings weniger. Für ihn hieß es Pazifik, Okinawa. Für meine beiden Männer. Bob war auf den Philippinen und in Japan.

So wie Ihre ersten beiden Bücher das Leben von Frauen, von Familien und Nachbarn literarisch neuartig thematisierten, behandeln Sie in den Storys von Am selben Tag, später *die internationale Politik auf ganz neue Weise. Beispielsweise sind Sie nach Chile und nach China gereist. Wie haben sich eigene politische Aktivitäten und Erlebnisse auf Ihr Schreiben ausgewirkt?*

Wenn man ein politischer Mensch ist, bekommt man einen Blick für die Politik vor Ort, egal, wohin man reist. Ich habe nicht sehr viel übers Reisen geschrieben. In Chile waren wir zwar kurz vor dem Putsch, das meiste über das Land hat aber trotzdem mein Mann geschrieben. Viele Reiseerlebnisse habe ich noch gar nicht genutzt. Ich habe Gedichte darüber geschrieben, wie es war, '69 in Vietnam gewesen zu sein. Nach China sind wir, um uns anzusehen, was dort vor sich ging, nicht als Mitglieder irgendeiner Regierungsdelegation oder so etwas. Nach Chile sind wir, um uns anzusehen, wie der Sozialismus dort funktionierte und ob er von Dauer sein würde. Und letzten Juni war ich in Nicaragua.

Was haben Sie auf politischem Gebiet sonst noch gemacht?

Zusammen mit anderen habe ich mich für feministische Anliegen starkgemacht. Denn hier wird versucht, das Erreichte wieder rückgängig zu machen, und im gleichen Maße, wie Regierung und Medien Fördermaßnahmen für Frauen und Schwarze und andere Minderheiten wieder zurückschrauben, werden die Mittel für Gesundheitseinrichtungen, Wohnungsbau und für Kinder gekürzt – alles fließt stattdessen in Militärausgaben. Und wenn dieser »Rückzug« erst mal von den für Frauen wichtigen Themen stattfindet, dann findet er auf allen Gebieten statt. Sogar bei uns, in der linken Bewegung, hört man Leute sagen: »Schon, ja, aber über die Frauen müssen wir uns heute Gott sei Dank keine Gedanken machen. Letztes Jahr hat uns das schwer zu schaffen gemacht, aber dieses Jahr müssen wir uns über die nicht den Kopf zerbrechen.« Folglich bröckelt die feministische Position und beginnt insbesondere in der Auseinandersetzung mit patriarchalen Strukturen an Boden zu verlieren. Man sollte sicherstellen, dass sie weiterbesteht und im Denken der Leute fest verankert ist.

Man muss so vieles im Auge behalten. Und das ist gar nicht so leicht. Die in Amerika übliche Wertschätzung von Individualismus, Stolz und Religion – Positionen, die mit Politik scheinbar nichts zu tun haben, in Wirklichkeit aber sehr politisch sind (denn sie entstammen der Ideologie und Struktur des bürgerlichen Kapitalismus) – bedeutet im Grunde eine Bevorzugung des Privaten. Hauptsache, man denkt individualistisch. Es ist der einzig wichtige Wert – es ist zu *dem* Wert schlechthin geworden.

Ihre jüngsten Geschichten setzen dem etwas entgegen, indem sie die anhaltenden politischen Sorgen der Menschen in deren sogenanntes Privatleben integrieren – der Leser kann auf diese Weise zuhören, wie Gespräche beides zusammenbringen. Freundinnen und Liebhaber streiten sich in ein und derselben Unterhaltung über Liebe und Politik, ohne dass dabei die bekannten Themen lediglich Metaphern für die persönlichen Beziehungen wären. China, Bürgerrechte, Chile, US-Politik, Ehebruch, Kinder und Kindererziehung, alles wird aufgegriffen und miteinander verknüpft – und bildet zusammen den Stoff ihres tagtäglichen Austauschs. Außerdem scheinen Sie mir – in diesem Band wird das besonders deutlich – reflektierter über das Schreiben zu schreiben. Könnten Sie dazu etwas sagen?

Ich weiß nicht, wo ich da anfangen soll. Wenn einem ein kleines Mädchen eine Geschichte erzählt, dann sagt es doch fast zuallererst: »Ich will dir eine Geschichte erzählen, und die geht so.« Oft ist das dann eine sehr ausgefeilte Geschichte über eine Geschichte.

Viele Ihrer Geschichten scheinen zu sagen: »Es ist nicht so, wie man denkt.«

Stimmt. Eine Geschichte besteht ja sehr oft aus zwei zusammengehörigen Geschichten, wobei die eine Geschichte der andere auch teilweise widersprechen oder sie bestätigen kann. So wie bei »Woanders«, der Geschichte über China: In Wirklichkeit besteht sie aus zwei Geschichten, die aber getrennt voneinander und jede für sich viel weniger interessant wären. Aus zwei verbundenen Geschichten wird so eine dritte, eigenständige – wobei natürlich erst der Leser eine Geschichte vollendet.

Ziemlich viel von der Politik, in die Ihre Charaktere involviert sind, ist lokale, ist kommunale Politik. Sind Sie darin noch immer so involviert, seit Sie nicht mehr nur in New York, sondern auch in Vermont leben?
In New York weniger. Ein klein bisschen in Vermont. Ich bin hier nicht heimisch genug. Wenn man ein Kind hat, sind nebenan die Schule, die Parks – alles ist Teil des städtischen Lebens. Momentan fällt es mir schwer, mich hier lokalpolitisch zu engagieren, ich bin ja in keiner örtlichen Vereinigung. Aber die Arbeit vor Ort ist schon die interessanteste. Ich vermisse das wirklich sehr. Am meisten erfüllte mich meine politische Betätigung in den Zeiten, als ich mit lokalen Angelegenheiten zu tun hatte. Sogar die Friedenspolitik, für die wir uns engagiert haben, war sehr lokal – die Aktionen gegen den Vietnamkrieg etwa. Organisationen in unserem Viertel stellten Veranstaltungen auf die Beine, die dann tatsächlich stadt- und landesweit immer mehr Menschen erreichten. Wir begründeten zum Beispiel die »Angry Arts«, die ziemlich schnell von der ganzen Stadt aufgegriffen wurden, bis man so etwas dann auch in Philadelphia und Baltimore organisierte. Man kann

also durchaus vor Ort klein anfangen und damit eine Lawine lostreten … Die Pentagon-Frauenaktion – gut, nicht ganz so lokal – war eine Aktion von Frauen aus dem Nordosten, die im Westen der USA wiederholt wurde. Es riefen dazu sogar Japanerinnen und Italienerinnen an und wollten sich über die Organisationsmethoden informieren.

Ja, in Großbritannien fehlt mir das. Die dortige Form von Politik, wo es immer ums Gemeinwohl geht, scheint mir viel träger. Als junge Mutter dort war ich schockiert, dass Eltern in den Schulen keine aktive Rolle übernehmen sollten. Der denkbar schlimmste Fall war für die Lehrer Amerika, wo Eltern so viel zu sagen hatten. Wir durften Wohltätigkeitsbasare organisieren und Kuchen verkaufen, das war's.

Tja, für gewöhnlich lief es hier genauso, nur setzten sich eben viele aus der Eltern-Lehrer-Vereinigung erfolgreich dafür ein, dass sie eine andere Rolle spielten. Bei dem Thema fällt mir übrigens meine Enkelin ein … Die erste Klasse, in die sie geht (sie ist sechs), fragte an, ob ich mal vorbeikommen würde. Die Lehrerin lud mich ein, den Sechsjährigen etwas über Frauen und deren Geschichte zu erzählen – es war Woche oder Monat der Geschichte der Frauen, irgend so was. Dass ich gefragt wurde, kam dadurch zustande – so sagte die Lehrerin –, dass sie in der Woche davor der Klasse erzählt hatte, was man alles erreicht hatte, seit es Menschen gibt, wie fantastisch es war, dass man dies erfunden hatte und das und so weiter. Meine Enkelin fragte beunruhigt: »Aber was hat frau denn erfunden? Haben Frauen überhaupt nichts geleistet?« Die Lehrerin lachte. »Ist deine Mutter Feministin?« – »Nö«, sagte Laura, »sie ist Kranken-schwester.« Für mich lässt diese kleine Pointe hoffen. Geschichtlicher Fortschritt wird zum großen Teil durch Sprache bewirkt. Vor fünfzehn, ja vielleicht noch vor zehn Jahren, als ich um die fünfzig war, wäre mir das Wort »man« in dem Satz »was man alles erreicht hatte, seit es Menschen gibt« gar nicht aufgefallen. Aber hier und heute hat eine Sechsjährige das Wort in seiner gan-zen Bedeutung erfasst.

*

Angry Arts
Die ursprüngliche Angry Arts Week, die »Woche wütender Künste«, fand vom 29. Januar bis 5. Februar 1967 in der New Yorker Lower East Side statt. Teil-nehmende Künstler, die sich mit Aktionen und Hap-penings auch gegen den Vietnamkrieg wandten, waren u. a. Michael Brown, Roy Lichtenstein, Ben Morea, Claes Oldenburg und Peter Schumann.

Pentagon-Frauenaktion
Im Zuge der Women's Pentagon Action am 17. Novem-ber 1980 bildeten rund 2000 Frauen aus den gesamten

Vereinigten Staaten eine Kette um das Gebäude des US-Verteidigungsministeriums in Washington und protestierten lautstark und mit friedlichen Aktionen gegen den Atomwaffenwettlauf von UdSSR und USA.

Leben und Werk

1922   Geboren am 11. Dezember in der Bronx als
        drittes und letztes Kind von Manya Ridnyik
        und Isaac Goodside, die 1906 aus der
        Ukraine in die USA einwanderten.

1938   Bricht die Highschool ab und schreibt sich
        am Hunter College ein, wird aber wegen
        häufiger Fehlzeiten exmatrikuliert; besucht
        außerdem zeitweise das City College, die
        New York University sowie die Merchants
        and Bankers Business and Secretarial
        School.

um 1940 Nimmt an einem Kurs von W. H. Auden an
        der New School for Social Research in
        Manhattan teil. Er liest ihre Gedichte und
        ermutigt sie dazu, ihre eigene Stimme in der
        Alltagssprache, die sie hört und spricht, zu
        finden; Veröffentlichung mehrerer Ge-
        dichte in der College-Zeitung.

1942   Am 20. Juni Heirat mit Jess Paley, einem
        Fotografen und Filmemacher, dem sie zu
        etlichen Armeestützpunkten in der Nähe
        von Chicago und Miami Beach folgt; zeit-
        gleich Veröffentlichung einiger ihrer Ge-

dichte in der Zeitschrift *Experiment*; nach Kriegsende Rückkehr ins Greenwich Village.

1944 Tod der Mutter.

1949 Im September Geburt der Tochter Nora.

1951 Im Mai Geburt des Sohnes Danny.

1956 Veröffentlichung ihrer ersten Erzählung »Goodbye and Good Luck« (»Auf Wiedersehen und viel Glück«), in *Accent: A Quarterly*.

1958 Veröffentlichung von »The Contest« (»Das Preisausschreiben«) in *Accent*.

1959 Veröffentlichung ihres ersten Erzählbandes *The Little Disturbances of Man* (*Die kleinen Widrigkeiten des Lebens*) bei Doubleday.

1960 Gründung des Greenwich Village Peace Centers mit Nachbarn, Mitgliedern der Eltern-Lehrer-Gruppe der Bezirksschule Nr. 41. Die Gruppe protestiert gegen Zivilschutzübungen, Atombombentests, das New Yorker Luftschutzbunker-Programm und die amerikanische Politik in Vietnam; Veröffentlichung von »Faith am Nachmittag« in der Zeitschrift *The Noble Savage*.

1962 Veröffentlichung von »Die alte Leier« in der Zeitschrift *Genesis West*.

1965 Beginn ihrer Lehrtätigkeit im Rahmen der General Studies an der Columbia University; Veröffentlichung von »Leben« in der *Genesis West*.

1966   Beginn ihrer Lehrtätigkeit am Sarah Law-
        rence College in Bronxville, New York;
        unterrichtet Kreatives Schreiben, meist in
        Teilzeit, etliche Jahre aber auch in Vollzeit,
        um mehr Geld zu verdienen. Diese Tätigkeit
        wurde ihr aufgrund einer Empfehlung von
        Dozenten angeboten, mit denen sie im Jahr
        1965 an Lehrer- und Autorenkonferenzen
        teilgenommen hatte. Verhaftung am Armed
        Forces Day wegen ihrer Teilnahme an einer
        Sitzblockade auf der Fifth Avenue gegen die
        Stationierung von Pershing-Raketen und
        Marschflugkörpern in der BRD.

1967   Trennung von Jeff Paley und Auszug aus der
        Wohnung in der 11th Street; Veröffent-
        lichung von »Ganz einfach« in *The Atlantic*
        und »Spielplatz, Nordostseite« in der Zeit-
        schrift *Ararat* sowie »Faith im Baum« in der
        New American Review.

1968   Informationsreise mit anderen Autoren,
        Geistlichen, Juristen und Professoren, alle-
        samt Vietnamkriegsgegner, nach Frankreich
        und Schweden zu einem Treffen mit Kriegs-
        dienstverweigerern; Veröffentlichung von
        »Samuel« und »Die Bürde des Mannes« im
        Esquire sowie »Come on, ye sons of art« im

236

Sarah Lawrence Journal und »Politik« in der Zeitschrift *Win*.

1969   Reise mit einer kleinen Gruppe von Friedensaktivisten nach Vietnam, um dort drei Kriegsgefangene in Empfang zu nehmen und nach Hause zu begleiten; ihre Erzählung »Ganz einfach« wird für die renommierten *Prize Stories 1969*: *O. Henry Award* ausgewählt.

1970   Preis des National Institute for Arts and Letters für ihre Kurzgeschichten.

1971   Veröffentlichung von »Gespräch mit meinem Vater« in der *New American Review* sowie »Wünsche« und »Schulden« in *The Atlantic*.

1972   Scheidung von Jeff Paley; Heirat mit Bob Nichols am 26. November in der Judson-Kirche im Greenwich Village, wo er Stücke für das dortige Poets' Theater schreibt. Veröffentlichung von »Ungeheure Veränderungen in letzter Minute« in *The Atlantic* und »Die Einwanderergeschichte« in der Zeitschrift *Fiction*.

1973   Tod des Vaters; im Oktober Teilnahme am Weltfriedenskongress in Moskau als Mitglied der War Resisters League (Vereinigung der Kriegsgegner).

1974   Im Frühjahr dreiwöchige, vom väterlichen

Erbe finanzierte Reise nach China mit Bob Nichols und einer vom *Guardian* gesponserten Gruppe; Veröffentlichung ihres zweiten Erzählbandes *Enormous Changes at the Last Minute* (*Ungeheure Veränderungen in letzter Minute*) bei Doubleday Dell; Veröffentlichung von »Das kleine Mädchen« in der *Paris Review* und »Die Langstreckenläuferin« im *Esquire*.

1975 Schreibt regelmäßig eine Kolumne mit dem Titel »Conversations« für *Sevendays*; Reise nach Paris zum Treffen mit vietnamesischen Abgesandten bei den internationalen Friedensverhandlungen als Vertreterin der War Resisters League.

1976 Veröffentlichung von »In the Garden« (»Im Garten«) in *Fiction*.

1977 Veröffentlichung von »Dreamer in a Dead Language« (»Träumer in einer toten Sprache«) in der *American Review* und »This is a Story about My Friend George, the Toy Inventor« (»Dies ist eine Geschichte über meinen Freund George, den Spielzeugerfinder«) in der *Translantic Review*.

1978 Verhaftung mit den »White House Eleven« wegen Anbringung eines Anti-Atomwaffen-Banners auf dem Rasen des Weißen Hauses, ihr werden ein Bußgeld von

100 Dollar sowie eine sechsmonatige Bewährungsstrafe auferlegt. Veröffentlichung von »Somewhere Else« (»Woanders«) im *New Yorker.*

1979   Veröffentlichung von »Friends« (»Freundinnen«) und »Love« (»Liebe«) im *New Yorker.*

1980   Veröffentlichung von »Mother« (unter dem Titel »My Mother«, deutsch »Mutter«) in *Ms* und »A Man Told me the Story of His Life« (»Ein Mann erzählte mir die Geschichte seines Lebens«) in *Poets and Writers.* Aufnahme in die American Academy of Arts and Letters.

1981   Veröffentlichung von »At that Time, or The History of a Joke« (»Zu jener Zeit oder: Die Geschichte eines Scherzes«) in der *Iowa Review.*

1982   Veröffentlichung von »Lavinia: An Old Story« (unter dem Titel »Lavinia«, deutsch »Lavinia. Eine alte Geschichte«) in *Delta* und »The Story Hearer« (»Der Geschichtenhörer«) in *Mother Jones;* die Maiausgabe der Literaturzeitschrift *Delta* ist Grace Paley gewidmet.

1983   Veröffentlichung von »Unknown Parts of Far, Imaginable Places« in *Mother Jones* und »Anxiety« (»Besorgnis«) in der *New Eng-*

land Review / Bread Loaf Quarterly. Verfilmung von drei Erzählungen in der Adaption von John Sayles unter dem Titel *Enormous Changes at the Last Minute*; Beginn ihrer Lehrtätigkeit am City College New York.

1985   Veröffentlichung von »Ruthy and Edie« (unter dem Titel »Edie and Ruthy«, deutsch »Ruthy und Edie«) in *Heresies*. Veröffentlichung ihrer ersten Gedichtsammlung *Leaning Forward* bei Granite Press; Veröffentlichung ihres dritten Erzählbandes *Later the Same Day (Am selben Tag, später)* bei Farrar, Straus & Giroux; Reisen nach El Salvador und Nicaragua mit einer Gruppe von MADRE, einem Bündnis von Frauen aus Nord- und Zentralamerika, die gegen die amerikanische Mittelamerikapolitik protestieren.

1986   Nominierung für den PEN/Faulkner Award for Fiction für *Later the Same Day (Am selben Tag, später)*; Auszeichnung mit der Edith Wharton Citation of Merit am 10. Dezember durch das New York State Writers Institute, das sie zum ersten *Author in Residence* des Staates New York macht. Diese Position ist mit einem hoch dotierten Zweijahresstipendium verbunden.

1987   Auszeichnung mit dem renommierten Senior Fellowship des Literaturprogramms des National Endowment for the Arts, vergeben zur »Unterstützung und Förderung von Autoren, die durch ihr künstlerisches Lebenswerk einen wesentlichen Beitrag zur amerikanischen Literatur geleistet haben«. Anschließend erstmaliger Besuch in Israel als Delegierte einer internationalen Konferenz von Autorinnen; sie wird Mitbegründerin des Jewish Women's Committee to End the Occupation of the Left Bank and Gaza; die War Resisters League ehrt sie im Dezember zu ihrem 65. Geburtstag mit einem feierlichen Bankett.

1988   Emeritierung vom Sarah Lawrence College. Veröffentlichung von »The Expensive Moment« (»Der kostspielige Augenblick«) in *Short Story International*.

1989   Veröffentlichung von *365 Reasons Not to Have Another War*, eines Friedenskalenders der War Resisters League.

1991   *Long Walks and Intimate Talks*, eine Essay- und Gedichtsammlung mit Illustrationen von Vera Williams, erscheint bei der Feminist Press.

1992   Veröffentlichung von »Injustice« in der *Literary Review*. Veröffentlichung von *New and Collected Poems*, ihrer zweiten Gedichtsammlung, bei Tilbury House.

1993   Auszeichnung mit dem Rea Award for the Short Story.

1994   Veröffentlichung von *The Collected Stories*, den 45 Erzählungen ihrer bisherigen drei Erzählbände, bei Farrar, Straus & Giroux.

1996   Lesung aus »Zagrowsky Tells« (»Zagrowsky erzählt«) im Rahmen der Arts and Letters Live Series im Dallas Museum of Art.

2007   Stirbt am 22. August in Vermont, wo sie zuletzt mit ihrem Mann Bob Nichols lebte.

Glossar

»Liebe«

The Joy of All Sex
fiktiver Bestseller in Anlehnung an Alex Comforts 1972
erschienenen Erfolgsratgeber »The Joy of Sex«

PTA
Parent-Teacher Association, die 1897 gegründete amerikanische Lehrer-Eltern-Vereinigung

SALT-Abkommen
Strategic Arms Limitation Talks (auch: Treaty). Abrüs-
tungsverhandlungen und -abkommen zwischen den
USA und der UdSSR zur Begrenzung der strategischen
Waffen wie Trägersysteme und Atomwaffen. Nach
zweieinhalb Jahre dauernden Gesprächen wurde das
SALT-I-Abkommen am 26. Mai 1972 in Moskau unter-
zeichnet. Der SALT-II-Vertrag vom 18. Juni 1979 trat nie
in Kraft.

Perkolator
Um 1819 von dem Pariser Blechschmied Laurens ent-
wickelte Kaffeekanne, in der das auf dem Herd erhitzte
Wasser durch einen Innenzylinder emporsteigt und
durch einen mit Kaffee gefüllten Filter zurücktropft. In
Amerika, wo die Aufbrühmethode weniger verbreitet
ist, wird Kaffee noch öfter nach dem Perkolationsprin-
zip zubereitet.

Milton stand auf der Seite des Teufels
Zitiert nach William Blakes illustrierter Ideenschrift
The Marriage of Heaven and Hell (1790–1793), in
der es heißt: »Der Grund, weshalb Milton in Fesseln
über Engel und Gott schreibt und in Freiheit über
Teufel und Hölle, ist der, dass er ein wahrer Dichter
war und, ohne es zu wissen, auf der Seite des Teufels
stand.«

Heil dir froher Geist du
Percy Bysshe Shelleys Gedicht »To a Skylark« (1820;
dt. »An eine Lerche«) beginnt: »Hail to thee, blithe
spirit! / Bird thou never wert –« (»Heil dir froher Geist
du! / Vogel warst du nie –«).

O was nur fehlt dir Rittersmann
»O was nur fehlt dir, Rittersmann« – Auftakt von John Keats' 1819 entstandener Ballade »La Belle Dame sans Merci« (siehe auch Anmerkung zu »Der kostspielige Augenblick«)

Kischke
auch »Kiske«, bezeichnet ein traditionelles aschkenasisch-jüdisches Gericht; einen meist mit Kartoffeln gefüllten Kalbsdarm.

Kugel
ein traditionelles Gericht der aschkenasisch-jüdischen Küche, das süß oder herzhaft zubereitet werden kann. Es ähnelt in der Zubereitung einem Auflauf und wird traditionell am Sabbat gegessen.

Sidney Hillman
Der als Sohn von litauischen Juden geborene Arbeiterführer (1887–1946) immigrierte 1907 in die USA und gründete die Textilarbeitergewerkschaft Amalgamated Clothing Workers of America (ACWA), deren erster Vorsitzender er 1914 wurde. Als Sozialdemokrat setzte sich Hillman während der Weltwirtschaftskrise für Präsident Franklin D. Roosevelts New-Deal-Programm ein und engagierte sich im Kampf gegen die Unterwanderung der Gewerkschaften durch das organisierte Verbrechen.

Jüdische Wohltätigkeit
die 1911 gegründete Foundation of Jewish Philanthro-
pies, eine gemeinnützige Stiftung aus zahlreichen
jüdischen Förderorganisationen

Ailanthus
der Götterbaum oder Himmelsbaum, Ailanthus altis-
sima, eine große, schnell wachsende Bittereschenart

Theodor Herzl, der sah das Licht, wenn auch noch
nicht das Land
Mit seinem 1896 veröffentlichten Buch *Der Judenstaat*
wurde der österreichisch-ungarische Publizist und Jour-
nalist (1860–1904) zum Vordenker und Wegbereiter des
späteren Staates Israel.

Nadelspitze
Diese besonders anspruchsvolle Spitze, frz. guipure,
wurde ausschließlich aus cremefarbenem oder weißem
Leinengarn gefertigt. Gegen Ende des 19. Jahrhunderts
geriet die Technik in Vergessenheit. Bekannte Nadel-
spitzen sind Point d'Alençon, Point de Venise und das
italienische Reticella.

»Woanders«

Antonionis Film über China
Michelangelo Antonionis zweistündiger Dokumentar-
film »Chung Kuo – Cina« kam 1972 in die Kinos und
wurde von der kommunistischen Führung in Peking als
Provokation aufgefasst.

BVD-Unterhemd
Bradley, Voorhees & Day, 1876 gegründeter Unter-
wäschehersteller mit Sitz in New York

»I've Been Working on the Railroad«
amerikanischer Folksong, der unter dem Titel »Levee
Song« erstmals 1894 in *Carmina Princetonia* abge-
druckt wurde, einer Liedersammlung der Princeton
University, New Jersey. Diese frühe Dialektfassung be-
inhaltete eine später nicht mehr gesungene Strophe mit
der Zeile »I once did know a girl named Grace –«. Die
älteste Aufnahme des Songs stammt von der Gospel-
gruppe Sandhills Sixteen aus dem Jahr 1927.

»Listen, listen, listen to my heart's song«
Ein Lied des indischen Yoga-Meisters, Philosophen und
Schriftstellers Paramahamsa Yogananda (1893–1952),
der von seinen Anhängern als Guru und göttliche In-
karnation verehrt wurde. Yoganansa hielt seit 1920 viel-
besuchte Vorträge in den USA, setzte sich für soziale und

karitative Einrichtungen ein und machte Kriya Yoga im Westen bekannt.

Empleados necesitados
»Arbeiter gesucht« (span.)

Youth Corps
Förderprogramme des 1971 gegründeten Youth Conservation Corps (YCC) bieten für Jugendliche in den USA während der Sommermonate professionell angeleitete Aktivitäten in Landwirtschaft, Naturschutz, Spielplatzausbau, Stadtbegrünung und Tierschutz an.

»Lavinia. Eine alte Geschichte«

WPA
Works Progress Administration, später Works Projects Administration, eine Bundesbehörde der USA, die in der Zeit des »New Deal« (1935–1943) Erwerbslosen Arbeit beschaffte.

»Freundinnen«

Those were the days, my friend …
»Those Were the Days« ist der Titel eines Songs, der in der Aufnahme mit der walisischen Folksängerin Mary Hopkins aus dem Jahr 1968 von Paul McCartney produziert wurde. Die erste Schallplattenaufnahme von 1962 stammt von dem Folk-Duo Gene und Francesca. Die Melodie beruht auf dem russischen Lied »Dorogoi dlinnoju« (Entlang der Straße) von 1917.

PTA
siehe oben, S. 243

Maricao
Kleinstadt im hügeligen Westen Puerto Ricos

Barrio
vorwiegend spanischsprachiges Stadtviertel. Der New Yorker Stadtteil Spanish Harlem wird auch »El Barrio« genannt.

Westway
Der seit 1971 geplante Ausbau des Highway am Hudson-Ufer von West-Manhattan sorgte über viele Jahre hinweg für Bürgerproteste. Erst 1985 wurden die Pläne aufgegeben.

Union Carbide
Das amerikanische Chemieunternehmen, seit 2001 eine Tochtergesellschaft von Dow Chemical, verursachte am 3. Dezember 1984 die Katastrophe von Bhopal, bei der im indischen Werk des Konzerns 40 Tonnen Methylisocyanat freigesetzt wurden. Die austretende Giftwolke tötete bis zu 25 000 Menschen, etwa eine halbe Million Einwohner rund um Bhopal wurden verletzt.

»Zu jener Zeit
oder: Die Geschichte eines Scherzes«

Fresh Meadows
das New York Hospital of Queens

»Mutter«

1905
9. Januar 1905 (nach greg. Kalender 22. Januar): St. Petersburger Blutsonntag im Vorfeld der Russischen Revolution 1905–1907: Im Zuge eines Generalstreiks im Zarenreich demonstrierten über 100 000 Arbeiter vor dem Winterpalast unter anderem für menschenwür-

digere Arbeitsbedingungen, Meinungsfreiheit, Gleich-
heit und eine frei gewählte Volksvertretung. Zaristische
Soldaten schossen in die Menge und töteten hunderte
Demonstranten. Die Folge waren massive Proteste
gegen die Obrigkeit und landesweite revolutionäre
Aufstände.

»Ruthy und Edie«

Grand Jurys
Unter Geheimhaltung arbeitende juristische Vorermitt-
lungsinstanz in den USA, bestehend aus 16 bis 23 Grand
Jurors, die per Zufallsprinzip vom zuständigen Bezirks-
gericht ausgewählt werden. Die Grand Jury dient dem
Zweck, das Zustandekommen eines Strafverfahrens
allein aufgrund einer ungeprüften Anklage zu unterbin-
den. Sie wird nur von etwa der Hälfte der US-Bundesstaa-
ten in einem Strafverfahren in Anspruch genommen.

»Der Geschichtenhörer«

Sixth-Avenue-Hochbahn
Die U-Bahn-Strecke der »Sixth-Avenue-Elevated«
oder »Six-Avenue-El« war von 1878 bis 1938 in Betrieb.

Ein Großteil der abmontierten Stahlträger und -brücken wurde in den Jahren vor Kriegseintritt der USA nach Japan verkauft.

Verwüstung der Mandschurei

Japan besetzte 1931/32 die chinesische Mandschurei und errichtete den Marionettenstaat Mandschukuo, um die rohstoffreiche Region auszubeuten. Als Japan ab Mitte der 1930er Jahre seine Einflusssphäre nach Norden ausdehnte, wurde ein bewaffneter Grenzkonflikt an der Marco-Polo-Brücke am 7. Juli 1937 zum Auslöser des Zweiten Japanisch-Chinesischen Krieges, der bis zum 9. September 1945 andauerte.

König Ubu

Hauptfigur des 1896 uraufgeführten Theaterstücks »Ubu Roi« von Alfred Jarry

Mr. oder Mrs. Sparsit

Mrs. Sparsit ist eine Nebenfigur in Charles Dickens' 1854 erschienener Novelle *Hard Times* (dt. *Schwere Zeiten*).

Operation Wheaties

Unter dem Eindruck der ersten erfolgreich getesteten Wasserstoffbombe der UdSSR entstand im Herbst 1953 bei einem Frühstück im Weißen Haus die Idee zu einer groß angelegten amerikanischen Kampagne unter dem

Schlagwort »Atome für den Frieden«, die zunächst aber geheim blieb. Da US-Präsident Dwight D. Eisenhower bei Tisch seine Lieblingshaferflocken der Marke »Wheaties« aß, erhielt die Kampagne den Codenamen »Operation Wheaties«.

A&P, Bohack, International
amerikanische Supermarkt-Ketten

MIT
das Massachusetts Institute of Technology in Cambridge, Massachusetts, das als eine der weltweit führenden technischen Elite-Universitäten gilt. Wirtschafts-, Sozial- und Geisteswissenschaften sind am MIT Bestandteil der Ingenieurausbildung.

Sarah
Der unfruchtbaren Ehefrau Abrahams wird von Gott ein Sohn prophezeit, den sie mit über 90 Jahren zur Welt bringt und Isaak tauft (1. Buch Mose 17–21).

»Zagrowsky erzählt«

Henkersulme
Eine mächtige, über 310 Jahre alte englische Ulme (Ulmus procera), die noch heute am nordwestlichen Rand

des Washington Square Parks steht, ist der älteste Baum in Manhattan und wurde früher angeblich als Galgenbaum genutzt. Der berüchtigte Ast, an dem die Hinrichtungen ausgeführt worden sein sollen, wurde 1992 entfernt.

Hunter für hochbegabte Kinder
die 1940 gegründete Hunter College Elementary School für hochbegabte Mädchen und Jungen an der Upper East Side von Manhattan

Pinochle
ein Kartenspiel württembergischen Ursprungs, hochdeutsch Binokel, schwäbisch Benogl oder Benoggl, in den USA regional verbreitet

Parke-Davis
Parke, Davis & Company, später Parke-Davis, das einst weltgrößte Pharmazieunternehmen mit Sitz in Detroit, wurde 1970 von Warner-Lambert übernommen und 2000 schließlich von Pfizer geschluckt.

Tetracyclin
1955 von Pfizer patentiertes Breitbandantibiotikum. Aufgrund weitreichender Nebenwirkungen wird heute vor der Einnahme gewarnt, besonders in der Schwangerschaft und bei Kindern unter acht Jahren.

Rosa Parks

Die Schneiderin und Bürgerrechtlerin (1913–2005) weigerte sich am 1. Dezember 1955 in Montgomery, Alabama, ihren Bussitzplatz für einen weißen Fahrgast zu räumen, und wurde deshalb auf Grundlage der Rassentrennungsgesetze verhaftet. Der bis dahin weitgehend unbekannte Martin Luther King organisierte auch aufgrund von Parks' Inhaftierung den Busboykott von Montgomery, der bis Dezember 1956 dauerte und zusammen mit anderen Protestaktionen als Beginn der afroamerikanischen Bürgerrechtsbewegung in den USA gilt.

Boykottposten

Zagrowskys Bestürzung angesichts der von Faith und ihren Mitstreiterinnen aus der Bürgerrechtsbewegung organisierten Maßnahmen gegen ihn und seine Apotheke dürfte auch auf Erlebnisse in Deutschland während der NS-Zeit zurückzuführen sein. So wurden am 1. April 1933, dem sogenannten Boykottsamstag, auf Geheiß von Propagandaminister Goebbels vor jüdischen Geschäften, Anwaltskanzleien und Arztpraxen Boykottposten aufgestellt.

Robert E. Lee

Robert Edward Lee (1807–1870) war im amerikanischen Bürgerkrieg Befehlshaber der Nord-Virginia-Armee und im letzten Kriegsjahr 1865 Kommandeur des konföderierten Heeres. Nach Kriegsende setzte er sich für die Aussöhnung von Nord- und Südstaaten ein.

Heiden, die das Licht sehen werden
»Und die Heiden werden zu deinem Lichte ziehen und die Könige zum Glanz, der über dir aufgeht.« (Jesaja 60,3; in Händels Oratorium *Messias* in der Arie des Basses »Das Volk, das im Dunkeln wandelt«)

Siehe, eine Jungfrau wird einen Sohn gebären
»Siehe, eine Jungfrau ist schwanger und wird einen Sohn gebären, den wird sie nennen Immanuel.« (Jesaja 7,14; in Händels *Messias* das Rezitativ des Alts »Denn sieh! Eine Jungfrau wird schwanger«) Cissy nennt ihren eigenen Sohn Emanuel.

Nasser
Gamal Abdel Nasser (1918–1970) war von 1952 bis 1954 Ministerpräsident und anschließend bis zu seinem Tod Staatspräsident von Ägypten sowie zwischen 1958 und 1961 in der Zeit des ägyptisch-syrischen Zusammenschlusses zur Vereinigten Arabischen Republik deren Staatsoberhaupt. Unter Nassers Führung verlor Ägypten gemeinsam mit Jordanien und Syrien im Juni 1967 den Sechstagekrieg gegen Israel.

Zwei Söhne
Wie sein Vater Abraham hat auch Isaak zwei Söhne,

nämlich Esau, den Rebekka zuerst zur Welt bringt, und dessen Zwillingsbruder Jakob, der mit seinem Groß-vater und seinem Vater zu den drei Erzvätern Israels wird, als er Esau im Tausch gegen ein Linsengericht um dessen Erstgeburtsrecht bringt (1. Buch Mose 25,19–34).

… ins Bellevue oder nach Central Islip

Das 1736 an der First Avenue in Manhattan gegründete Bellevue Hospital Center ist insbesondere für seine psychiatrische Abteilung berühmt. Das Central Islip Psychiatric Center in der Kleinstadt Islip in Suffolk County, New York, bestand von 1889 bis 1996. Im Jahr 1955 lebten dort rund 10 000 Patienten.

Briss

Brit Mila, Berit Mila oder, jiddisch, Brismile, das jüdische Beschneidungsritual, das am achten Lebenstag eines Knaben durchgeführt wird.

Bogen

Nördlich des 1895 eingeweihten marmornen Triumph-bogens am Washington Square Park beginnt die Fifth Avenue.

Good Humor

Eiscreme, die seit 1920 auf dem Markt ist. 1961 wurde Good Humor aus Youngstown, Ohio, vom Unile-ver-Konzern übernommen.

Statue
Vermutlich die Statue zum Gedenken an den italie-
nischen Nationalhelden Giuseppe Garibaldi. Im Washington Square Park steht jedoch außerdem eine Büste
des Erfinders und Ingenieurs Alexander Holley.

»Der kostspielige Augenblick«

Han
Die Han oder Han-Chinesen bilden mit über 90% die
zahlenmäßig größte Nationalität der Volksrepublik
China. Der Name geht zurück auf die Han-Dynastie
(206 v. Chr.–220 n. Chr.). Die chinesische Sprache heißt
auf Chinesisch Hànyǔ, »Sprache der Han«.

Datong
Millionenstadt in der chinesischen Provinz Shanxi. Als
Píngchéng wurde Datong in der Han-Dynastie gegrün-
det und war während der Wei-Dynastie fast hundert
Jahre lang chinesische Hauptstadt.

Tang-Zeit
Die Tang-Dynastie der Jahre 618–907 gilt als eine
der Blütezeiten in der chinesischen Geschichte. Sie glie-
dert sich in frühe und späte Zeit, da sie von der
Zhou-Dynastie (690–705) unterbrochen wurde.

Liga für Revolutionäre Jugend
Im Original »League for Revolutionary Youth« (LRY), eine fiktive Studentenorganisation, die jedoch an das Revolutionary Youth Movement (RYM) angelehnt ist. Das RYM verstand sich als radikaldemokratische Opposition zur vermeintlich von Moskau und Peking gesteuerten Linie der amerikanischen Progressive Labor Party.

Großer Sprung nach vorn
Eine umfassende wirtschaftspolitische Kampagne der Volksrepublik China, mit der der zweite Fünfjahresplan (1958–1962) unterstützt und übertroffen werden sollte. Das Scheitern des Großen Sprungs war Hauptursache für die schwere Hungersnot, bei der von 1959 bis 1961 beinahe 45 Millionen Menschen starben.

Fanshen
1966 veröffentlichter Bestseller des amerikanischen Schriftstellers und Agronomen William Hinton (1919–2004), der am Beispiel des Dorfes Long Bow in der chinesischen Provinz Shanxi die Veränderungen der landwirtschaftlichen Besitzverhältnisse und deren Folgen untersucht. Auf Deutsch erschien Hintons Buch 1972 in zwei Bänden unter dem Titel *Fanshen. Dokumentation über die Revolution in einem chinesischen Dorf.*

Junge Garden
Die von Mao Zedong 1966 im Zuge der Kulturrevolution ins Leben gerufenen Roten Garden aus fanatisier-
ten Jugendlichen und Studenten, die vermeintlich kon-
terrevolutionäre und revisionistische Intellektuelle,
Lehrkräfte und Beamte an den Pranger stellten und
nicht selten in den Selbstmord trieben.

John Keats
Der englische Dichter (1795–1821) starb an Lungen-
und Kehlkopftuberkulose. Sein Versepos *Endymion*
(1818) beschreibt die Liebe des gleichnamigen Schäfers
aus dem antiken Mythos zur Mondgöttin Selene oder
Luna, der Keats den Namen Cynthia gibt. In Gestalt
einer schönen jungen Frau besucht sie Endymion
nachts auf der Erde.

»Oh, was nur fehlt dir, blasser Individualist…«
John Keats' Ballade »La Belle Dame sans Merci« (1819)
beginnt: »O what can ail thee, knight-at-arms«, »O was
nur fehlt dir, Rittersmann«

Diese Mondschönheit
Neben Keats klingt auch W. H. Audens berühmtes
Gedicht »This Lunar Beauty« in den Versen an. Paley
besuchte in den frühen 1940er Jahren an der New
School for Social Research in New York Vorlesungen
von Auden.

Handel mit Südafrika

Seit Anfang der 1970er Jahre wurde die Apartheid-Politik Südafrikas international zunehmend geächtet. Umfassende Warenboykotts sollten das Regime zur Aufhebung der Rassentrennung bewegen.

Wirtschaftsverhandlungen mit Argentinien

Von 1976 bis 1983 wurde Argentinien von einer ultranationalen Militärjunta regiert, deren Staatsterror rund 30 000 Menschen zum Opfer fielen.

Putsch in Chile

Am 11. September 1973 putschte das chilenische Militär unter General Pinochet gegen die Linksregierung Salvador Allendes und errichtete mit Unterstützung der USA eine Militärdiktatur. Zu den ersten Staaten, die Pinochets Staatsstreich als legal anerkannten, gehörte die Volksrepublik China.

Die furchtbaren Wälder von Guatemala

Um einer vermuteten kommunistischen Bedrohung aus Zentralamerika vorzubeugen, wurde der demokratische Präsident Guatemalas, Jacobo Arbenz, 1954 auf Betreiben der USA gestürzt. In den darauf folgenden Diktaturen wurden Sozial- und Agrarreformen rückgängig gemacht und Aufstände brutal niedergeschlagen. Folge war ab 1960 ein Bürgerkrieg, der bis 1996 rund 200 000 Menschen das Leben kostete. Insbesondere in der Zeit der Militärjunta unter General Efraín Ríos Montt (1982–1983) wurde die indigene Bevölkerung Guatemalas systematisch abgeschlachtet.

Viererbande
Führungsgruppe aus dem linken Flügel der Kommunistischen Partei Chinas, die in den Jahren vor und nach Mao Zedongs Tod 1976 große Macht innehatte und die Politik der Kulturrevolution fortführen sollte. Die Viererbande bestand vorrangig aus den Shanghaier Spitzenfunktionären Wang Hongwen (1935–1992), der zu Maos Nachfolger aufgebaut wurde, Zhang Chunqiao (1917–2005), Yao Wenyuan (1931–2005) sowie Maos vierter Ehefrau Jiang Qing (1914–1991). Jiang war früher Schauspielerin gewesen und stand als »Madame Mao« im Ruf, so weltgewandt und stilvoll wie machthungrig und unbarmherzig zu sein. Sämtliche Mitglieder der Viererbande wurden 1981 nach Schauprozessen zum »Tod auf Bewährung« verurteilt.

Ai Qing
Ai Qing (1910–1996) gilt als einer der bedeutendsten Dichter und Essayisten des modernen China und ist Mitbegründer der »Neuen Lyrik« (Xin Shi). Von 1958 bis 1975 lebte Ai in Westchina im Exil. Bis 1978 Publikationsverbot. Danach Reisen auch nach Westeuropa. Ai Qing ist der Vater des Konzeptkünstlers und Dissidenten Ai Weiwei.

Ding Ling

Ding Ling (1904–1986) war eine bedeutende chinesische Erzählerin und Herausgeberin, außerdem politische Aktivistin, die Mao persönlich kannte und ihn zeitweise fanatisch unterstützte, sich aber mit ihm überwarf und nach scharfer Kritik an der Parteilinie mehrfach in die Verbannung geschickt wurde. Während der Kulturrevolution wurde Ding gefoltert, und ihre Manuskripte wurden vernichtet. Erst nach Maos Tod wurde sie rehabilitiert.

Bien Tselin

fiktiver chinesischer Autor

Ein guter Dichter

Zwischen 1957 und 1976 erschienen in chinesischen Zeitschriften und später in Buchform insgesamt 42 zumeist klassisch anmutende Gedichte, die offiziell Mao Zedong zugerechnet werden. Die Autorschaft von mindestens weiteren 30 Gedichten ist ungesichert. Welchen Anteil Ghostwriter an Maos Lyrik haben, kann nur vermutet werden.

Kristine Bilkau

Die Glücklichen
Roman

Broschur, 304 Seiten, btb 71458

Ein großes Generationsporträt unserer Zeit

Isabell und Georg sind ein Paar. Ein glückliches. Bei abendlichen
Spaziergängen werden sie zu Voyeuren. Regalwände voller
Bücher, stilvolle Deckenlampen, die bunten Vorhänge der
Kinderzimmer. Signale gesicherter Existenzen, die ihnen ein
wohliges Gefühl geben. Das eigene Leben in den fremden
Wohnungen erkennen. Doch das Gefühl verliert sich. Mit der
Geburt ihres Sohnes wächst nicht nur ihr Glück, sondern auch
der Druck. Die Jahre nach der Wirtschaftskrise haben ihre Jobs
unsicher gemacht, die Mieten im Viertel steigen. Für die jungen
Eltern beginnt ein leiser sozialer Abstieg. Isabell und Georg
beginnen zu zweifeln, zu vergleichen und das Scheitern zu
fürchten. Jeder für sich. Gegenseitig treiben sie sich in die Enge,
bis das Gefüge ihrer kleinen Familie zu zerbrechen droht.

»Kristine Bilkau hat einen fabelhaft gelungenen Debütroman
geschrieben, ebenso takt- wie kunstvoll, ganz ohne Händezittern
und sehr lesenswert.«
Hans-Jürgen Schings, Frankfurter Allgemeine Zeitung

btb

Jami Attenberg

Die Middlesteins
Roman

272 Seiten, btb 71380
Aus dem Englischen von Barbara Christ

»Klug und herzzerreißend.« Emotion

Über dreißig Jahre lang haben Edie und Richard Middlestein
ein ganz normales Familienleben in einem Vorort von Chicago
geführt. Auf einmal drohen die Dinge auseinanderzubrechen,
nicht ganz unschuldig daran ist Edies enormer Umfang. Essen
ist für sie eine Sucht – und wenn sich das nicht ändert, hat sie
nicht mehr lange zu leben. Als Richard ihren Eigensinn nicht
mehr aushält und Edie verlässt, machen ihre Tochter Robin,
ihr Sohn Benny und dessen Frau Rachelle es sich zur Aufgabe,
Edie zu retten.

»Es ist eine Geschichte über das Leben in und mit einer
Familie. Darüber, wie mühevoll es manchmal ist, sie
zusammenzuhalten, und sie einem am Ende doch mit
ordentlichem Getöse um die Ohren fliegen kann. Mit leisem
Humor wird das erzählt, mit feiner, stiller Ironie. Es ist ein
Buch zum Verschlingen.«
Christine Westermann, WDR

btb

Deborah Feldman

Unorthodox

384 Seiten, btb 71534
Aus dem Amerikanischen von Christian Ruzicska

»Eine unglaubliche Geschichte, die man völlig atemlos liest.«
Ijoma Mangold, Die Zeit

Am Tag seines Erscheinens führte »Unorthodox« schlagartig
die Bestsellerliste der New York Times an und war sofort
ausverkauft. Wenige Monate später durchbrach die Auflage die
Millionengrenze. In der chassidischen Satmar-Gemeinde in
Williamsburg, New York, herrschen die strengsten Regeln einer
ultraorthodoxen jüdischen Gruppe weltweit. Deborah Feldman
führt uns bis an die Grenzen des Erträglichen, wenn sie von
der strikten Unterwerfung unter die strengen Lebensgesetze
erzählt, von Ausgrenzung, Armut, von der Unterdrückung der
Frau, von ihrer Zwangsehe. Und von der alltäglichen Angst, bei
Verbotenem entdeckt und bestraft zu werden. Sie erzählt, wie sie
den beispiellosen Mut und die ungeheure Kraft zum Verlassen
der Gemeinde findet – um ihrem Sohn ein Leben in Freiheit
zu ermöglichen. Noch nie hat eine Autorin ihre Befreiung aus
den Fesseln religiöser Extremisten so lebensnah, so ehrlich, so
analytisch klug und dabei literarisch so anspruchsvoll erzählt.

»Der unverblümte, berührende Bericht über die Selbstbefreiung
einer jungen Frau.«
Stern

btb